Herstellung und Verlag:
BoD - Books on Demand, Norderstedt
ISBN 978-3-7392-0281-5

WEGLICHTER II

Taktvoll

Atem

Gilabert, King of the Elves

Gedankenlos

Alles ist gut

Er

Es gibt Menschen

Da ist etwas, das mich berührt

Die kleine Hexe Walpurga

Danke dir

Acht Gläser

Nebenan

Was mach ich…

Schön

Jetzt

Das Geheimnis der Farben

Taktvoll

Nach und nach kamen die Leute aus dem schweren Haustor. Junge und alte, Männer und Frauen, mit einem seltsam verklärten Lächeln auf den Lippen. Manche von ihnen begleitete ein Summen auf die Straße hinaus. Dass das Tor hinter jeder kleineren Gruppe wieder lautstark ins Schloss donnerte, daran waren die anderen Hausbewohner längst gewöhnt.

Denn immer dann, wenn Chiara ihre Chorproben veranstaltete, erfüllten diese das Gebäude anfangs und gegen Ende zwar mit krachenden Haustorklängen, doch mittendrin mit dem herrlichen Gesang ihrer Schülerinnen und Schüler. Alle im ungefähren Alter zwischen zwanzig und siebzig. Sie kannten einander nur beim Vornamen und fanden sich einmal in der Woche zusammen, um zu singen. Chiara spielte das Klavier und unterrichtete die Laien darin, die Freude an ihren Stimmen mit einem Stück Professionalität auszustatten. Und das tat sie in einer Art und Weise, die es warm werden ließ in dieser alten Wohnung, die nunmehr als ein Hort der Freude diente. Stets gelüftet und geheizt, sauber und funktionell beherbergte sie die Schar der Sangesfreudigen.

An diesem feuchten Dezemberabend allerdings geschah etwas Seltsames.

Mit dem letzten Chormitglied huschten vier elegante, schwarze, bezaubernde Wesen mit hinaus in die Winternacht. „Wohin gehen wir jetzt? Was hast du vor?" wollten die beiden zartesten der vier wissen. Die Frage richtete sich an die mächtige erste, die auf den zweiten Blick unter ihrem schwarzen Mantel ein wunderbar glitzerndes, beinahe durchsichtiges Kleid trug. „Ach, fragt nicht so viel. Wir werden schon sehen!"

„Nun" mischte sich die zweite ein, eine stattliche Gestalt mit elegantem Hut auf dem Kopf. „So einfach ist das auch wieder nicht. Wann warst du denn das letzte Mal draußen in der Stadt?" „Ach herrje!" erwiderte die erste brüsk. „Vertraut mir einfach." Die zartesten seufzten laut, es entwischte ihnen ein „Na, mit dem Vertrauen, da haben wir es nicht so recht." Das kam wohl daher, weil sie nur mit einem zarten Fähnchen bekleidet waren und selbst ihre flinken Bewegungen sie nicht wirklich gegen die kühle Luft zu schützen vermochten. Sie kamen immer nur kurz zu Wort und stets musste es schnell gehen. Deswegen umfingen sie sich und hielten sich aneinander fest.

Als sie draußen auf dem schmalen Gehsteig standen, ertönte eine kurze Melodie, nein besser gesagt, nur ein einziger Takt davon. Tatsächlich, ein Takt war mit aus dem Haustor geschlüpft und wollte hinaus in das vorweihnachtliche Treiben. Angestiftet von der mächtigen halben Note, die die Viertelnote überzeugen konnte, der wiederum die beiden Achtelnoten vertrauten. Das entstand wohl auch deswegen, weil sie in einer zauberhaften Anordnung in diesem Takt vereint waren, die schon oft die Kehlen der Singenden zum Jubeln gebracht hatte. Und jedes Mal, wenn die Chorprobe zu Ende gegangen war und die Menschen ihre Jacken und Mäntel anzogen, waren die vier im leeren Zimmer zurückgeblieben. Zwar gemeinsam mit allen anderen im gefalteten Notenblatt der liebevollen Chorleiterin und dennoch neugierig auf das, was die Menschen alles erleben und sehen konnten, während sie zum Bleiben verdammt schienen. In solch einer Nacht fasste die halbe Note den Plan, es auszuprobieren. Tief durchzuatmen und los zu starten. Doch alleine gelang es ihr nicht. So fragte sie die Viertelnote. Die kleinen Achtelnoten schienen ihr nicht allzu geeignet für das große Vorhaben. Schließlich blieb ihr nichts anderes übrig, nur alle zusammen konnten die Kraft aufbringen, sich vom Notenblatt zu erheben.

Chiara bemerkte das nicht, sie war viel zu beschäftigt damit, den Raum wieder für die nächste Gruppe am folgenden Abend herzurichten. Dabei ging ihr der dumme Streit mit ihrem Freund nicht und nicht aus dem Kopf, den sie während der Probe noch gut verdrängen hatte können. Draußen vor den erleuchteten Fenstern stand derweil immer noch der Takt, im Hintergrund schlug die Kirchenuhr acht Mal. „Kommt, dort fliegen wir hin, zur Kirchenglocke, kommt!" Flugs schwebte der Takt in den Glockenturm. „Bim bam, bim bam, bim bam".

Die Achtelnoten hielten sich die Ohren zu, viel zu laut schien ihnen dieses Geläute. Endlich verklang der letzte Ton und die halbe Note fragte selbstsicher: „Du, Kirchenglocke, wohin kann man denn gehen, in so einer Vorweihnachtsnacht?" „Ach Kindchen", die Stimme der Kirchenglocke hallte durch den Turm. „Da seid ihr schon richtig hier. Sitzt schön still und benehmt euch gut, dann werdet ihr die Engel sehen können. Gell. Und nicht dreinreden, wenn ich läute." Ihr strenger Ton gefiel den Vieren gar nicht. Wozu das alles, wenn sie jetzt wieder nur brav sein sollten." „Ähm…danke", die Viertelnote behielt die Fassung und deutete den anderen mit einer winzigen

Bewegung an: Nichts wie weg!

So purzelten sie mehr als sie schwebten hinunter auf den Kirchenvorplatz direkt hinein in den Kebab Stand. Das Transistorradio plärrte türkische Musik, die allerdings im Grunde sehr melodisch klang und die Vier ermutigte, hier nachzufragen, welcher Platz denn besonders wundervoll wäre in dieser Vorweihnachtsnacht. Das Radio staunte, als sich die Vier so alleine und unabhängig vor ihm aufbauten. Auf die Frage wusste es leider auch keine ergiebige Antwort. „Also wenn ihr mich fragt, mir ist es hier ohnehin zu kalt. Deswegen bin ich ja im Kebab Stand, da ist es ein wenig wärmer, denn wo ich herkomme, da ist es jetzt…“ Bei diesen Worten geriet das Radio ins Träumen und jetzt platze den beiden Achtelnoten endgültig der Kragen. „Also jetzt reicht es doch, wir müssen woanders hin. Du hast doch gesagt, die Menschen…“ Bevor sie den Vorwurf an die halbe Note so richtig verdichten konnten, fiel die ihnen schon ins Wort. „Jammert nicht, kommt, wir finden schon noch, wonach wir suchen.“ Tatsächlich bremste sich gerade neben dem Kebab Stand eine Straßenbahn ein. Das Rattern gefiel dem Takt und so beschlossen die Vier ein Stück mitzufahren. Flink hüpften sie in den Fahrgastraum und setzten sich sanft auf die Schulter des Fahrers. So konnten sie alles sehen. Der Fahrer griff sich ans Ohr, was war das für ein Geräusch? Weder durfte er Musik hören, noch erblickte er im Rückspiegel jemanden, der das tat. Komisch, normalerweise fuhr immer jemand mit, der die Musik in den Kopfhörern zu laut gedreht hatte und den Waggon damit unterhielt oder störte. Allerdings heute schien der Waggon mucksmäuschenstill, nur er hörte diese Musik, oder besser gesagt, diese paar Töne immer und immer wieder. Vielleicht sollte er doch zum Arzt gehen... Das Nachdenken verlangsamte glücklicherweise seine Fahrt. Denn das Auto, das die Straßenbahn scheinbar nicht bemerkte, lenkte seine ganze Aufmerksamkeit plötzlich auf sich. Es konnte doch nicht sein, dass ihn der Autolenker nicht sah! Er bimmelte laut und bremste scharf. Die Noten purzelten von seiner Schulter. Zu spät, der Fahrer des gelben Citroëns fuhr direkt auf ihn zu und krachte in die Schnauze der Straßenbahn. Einen Höllenlärm machte das! Der Fahrer stieg sofort aus, um sich um den Lenker zu kümmern. Die Straßenbahntüre blieb weit offen und die kalte Winterluft verstärkte das Unwohlsein der Fahrgäste. Auch den vier Noten wurde plötzlich bang. Mit seinem Mobiltelefon rief der Straßenbahner Rettung und Polizei, die Straßenbahn hatte einige kleine Kratzer, das Auto war wohl ein Totalschaden. Die Rettungsmänner luden den jungen Mann in ihr Auto, die Polizei nahm alle Daten auf und verständigte den Abschleppdienst. Nach einer guten halben Stunde setzte die Straßenbahn ihre Fahrt fort. Und die Noten, wo waren die geblieben? Der Winterwind hatte sie hinausgezogen in die Nacht und weil die Tür des Rettungswagens gerade offen stand, plumpsten sie in ein weiches Kissen neben der Rettungsliege. Etwas benommen rappelten sie sich wieder auf. Der junge Autofahrer lag friedlich neben ihnen. Fast zu friedlich. So etwas hatten sie noch nie gesehen. Normalerweise waren die Menschen in ihrer Umgebung sehr lebendig oder bereits sicher in Holzkisten verwahrt. „Ich hab Angst." Die Viertelnote und die Achtelnoten blickten sich erstaunt an. „Ja, ich hab Angst, „ sagte die halbe Note abermals. Die flinken Achtelnoten holten tief Luft. „Also, also, das brauchst du nicht. Wir wissen zwar nicht, wieso genau, doch irgendwie, hmm, also, das wird schon wieder, bestimmt." Woher sie wohl den Mut und die Zuversicht nahmen? Sie nickten den beiden anderen zu und deuteten die nächste Bewegung an. Die vier hüpften in die Hosentasche des jungen Mannes. Im Krankenhaus angekommen wurde jener auf innere Verletzungen, Drogen– oder Alkoholmissbrauch und einiges anderes untersucht. Die vier Noten warteten derweil im Krankenzimmer und hatten sich mit einiger Mühe wieder aus der Hosentasche befreit, um mittlerweile gemütlich auf dem großen, weichen Kopfkissen auf den Patienten zu warten. Derweil blickten sie sich um. Drei Betten standen ringsum in denen bereits andere Männer lagen. Der ein starrte auf den Fernseher, der andere in ein Buch, der dritte schien zu schlafen und schnarchte ein wenig. Weit und breit keine Musik. Plötzlich fühlten sich die Vier sehr alleine. Wo waren sie hier nur hingeraten? Sie kuschelten sich aneinander und beschlossen, einander Geschichten zu erzählen, die ihre Gemüter wieder aufhellen konnten. Geschichten von Tonleitern und Partituren, vom Kanon singen und Chorproben. Erschöpft schliefen sie schließlich ein. Deswegen bemerkten sie auch nur am Rande, wie der grobschlächtige Krankenpfleger den jungen Mann wenig später fast liebevoll in sein Bett hievte und ihm mit rauer Stimme eine gute Nacht wünschte. Mit seinen großen Händen hatte er zuvor einmal sanft das Kissen aufgeschüttelt, um es für den Patienten herzurichten. Dabei huschte ein Lächeln über sein Gesicht. Er hätte nicht sagen

können wieso. Ahnte er doch nicht, dass seine zarte Berührung den Takt kurz zum Klingen gebracht hatte. Nebenan im Ärztezimmer steckten die Ärzte die Köpfe zusammen. „Glück hat er gehabt, der Junge." Glück, dass die Straßenbahn so langsam und der Fahrer so geistesgegenwärtig gewesen ist. „Na wenn er schon „der Glückliche" heißt", scherzte jemand zwischendurch. Eingeschlafen ist er einfach. Vollkommen übermüdet und fast dehydriert. Felix war an diesem Tag bereits viele Stunden wach, er hatte weder gegessen noch getrunken. Wiedersehen wollte er sie, seine Freundin, und sie um Verzeihung bitten. Und dann hatte ihm sein Körper diesen blöden Streich gespielt. Ganz knapp vor seinem Ziel. Felix war in einen tiefen Schlaf gefallen und träumte, während ihn die Kochsalzlösung mit Flüssigkeit versorgte. Er träumte von einer großen, grünen Blumenwiese im warmen Sommerwind. Von weißen Wolken, die über ihn hinweg zogen und von der Frau, die ihm liebevoll über den Kopf strich und ihm dabei ein Lied sang. Sein Körper und seine Seele erholten sich langsam und die Melodie ging Note für Note heilsam ihn jede seiner Zellen über. Ungefähr um Mitternacht drehte er sich von einer Seite auf die andere. Die vier Noten kullerten zu Boden und landeten unsanft. Davon wachten sie auf. „Hast du das auch bemerkt?" fragte die Viertelnote die halbe Note. „Ja, es war fast unheimlich, oder?" „Wir waren das ganze Lied! Wir vier!" jubelten die Achtelnoten. Sie blickten um sich und staunten. Wie konnte das möglich sein? Mit viel Enthusiasmus hüpften sie auf das Nachtkästchen. Sie trauten ihren Augen kaum.
Da saß ihr wohlbekannter, kunstvoll geschwungener

Notenschlüssel und lächelte sie an. „Aha, hier seid ihr also abgeblieben, Ihr Schlingel!" In seinen tadelnden Worten lag genug Liebe, sodass die vier seinem Blick standhielten. Diesmal fing die Viertelnote an: „Also wir wollten nur, also eigentlich…" Der Notenschlüssel unterbrach sie sanft. „Ihr Lieben, ihr wisst wohl genau, worauf es ankommt, in diesen Vorweihnachtsnächten?" „Nun, eigentlich war das nicht ganz so" setzte die halbe Note verantwortungsbewusst an."Wir …" „Papperlapp, wir haben euch vermisst und jetzt habe ich die anderen zur Unterstützung mitgebracht. Wir bleiben jetzt hier, bis der Junge wieder glücklich und gesund das Krankenhaus verlässt. Einverstanden?"

Zeitig am nächsten Morgen betrat Chiara das Krankenzimmer. Die Nachricht auf ihrer Handymailbox, sie möge ins Krankenhaus kommen, Felix Hafner hätte sie als Notfallnummer eingespeichert und sonst stand da nichts, hatte sie den Streit vergessen und nur noch auf ihr Herz hören lassen. Felix war bereits wach. Sein Zustand war stabil und seine Laune wider Erwarten gut. „Können wir vielleicht nochmal reden?" waren die ersten Worte, mit denen er sie begrüßte. „Was glaubst du, weswegen ich gekommen bin?" antwortete sie ein wenig vorwurfsvoll. Doch dann lächelte sie plötzlich ungläubig. „Meine Noten, seit wann interessierst du dich denn für meine Musik?" Dabei griff sie nach dem vierfach gefalteten Notenblatt auf seinem Nachtkästchen. Sie setzte sich auf den Bettrand und legte ihre Hand in seine. Er schaute verdattert auf das Blatt Papier. „Kannst du mir das Lied vielleicht vorsingen?", mehr kamen die Worte wie von selbst aus ihm heraus, als dass er sie sagen hatte wollen. „Singen, jetzt? Ich hab gar nicht gedacht, dass ich die Noten bei dir liegengelassen habe. Seltsam..." „Bitte denk nicht drüber nach. Kannst du mir dieses Lied bitte vorsingen?" Seine Bitte klang flehentlich. Jetzt nur nicht aufwachen aus diesem Traum. Bitte nur nicht aufwachen. Sie spürte zwar, dass hier etwas nicht stimmte, trotzdem begann sie zu singen. Die Noten ordneten sich an wie sie gehörten und frohlockten. Die Melodie, die ihn schon durch die Nacht begleitet hatte, eröffnete den frischen Tag. Es begann etwas Gutes neu und sie alle durften dabei sein. Hautnah. Die halbe, die Viertel- und die beiden Achtelnoten freuten sich sehr. Das war es also! Das Besondere an der Vorweihnachtszeit! Und jene Vorweihnachtsnacht? Die würde ihr Geheimnis für immer für sich behalten.

Atem

Wenn die Schneeflocken tanzen und dein Hauch vor deinem
Gesicht hüpft
wenn die Herbstblätter purzeln und du die dickere Jacke
heraus nimmst
wenn die Sonne auf deinen Bauch scheint und du wohliges
Schnaufen von dir gibst
und erst recht bei den ersten Frühlingsblumen und dem
Kitzeln der Löwenzahnflieger
es ist immer der Atem des Himmels, den du atmest
und es ist ganz wichtig, dass DU ihn spürst
Innen und außen und rundherum
Ruhig und wild und immerzu.
Lass ihn raus und hol ihn rein.
Nichts anderes braucht es.

Gilabert, King of the Elves A fable

The forest lay dark under a heavy fog. The few animals
who shared the attention of the night looked sorrowfully to
the heavens. The owl turned his head back and forth with a
sigh. The bats hung their heads under the burden of their
melancholy, and the door mice tossed and turned
desperately in their burrows. Many a night had passed since
the king of the elves had left them. And his departure did
not occur voluntarily, but was the result of a terrible tragedy.
The waterfall at the end of the fairy land must have
conspired against them all on that fateful day, and had taken
everything in its path. Only a few had been spared and left
behind in the forest. They wondered ever since what they
had done to deserve this fate, to survive in the sight of the
death of the others. They couldn't accept it.
Very few had actually met with their demise as a result of
the catastrophe, though presumably just at the right moment,
for thereafter, things would not be the same. The wise old
badger had been one of them, and now he, too, was not there
to calm the fears of his friends in this dark and unsure time.
Would they be able to cope alone now, in the face of their
mourning and loss?
Yet most of them had landed, shaken but safe, on a different
green bank of the river, just assuming that chance had
carried them away in the arms of the waters. They knew
nothing about the suffering of those left behind, and
remembered them in their evening prayers. The fairy land

lay covered in silver fog as if it would never reawaken. It was a gloomy, cheerless time and the stars labored in vain to brighten it. The owls kept everyone and everything under their tight control – no one should complain, much less cry. They must all continue with their lives and their duties - that was surely the smartest thing to do. Indeed, the smartest and the best for everyone. Better not to succumb to feelings and emotions. „What would become of us then? ", croaked the frogs in the pond. "I'm sick of this!" squeaked the youngest of the small hedgehogs in the burrow. "There's got to be more to life than this". "Shhh! ", reprimanded his middle brother, and the oldest added thoughtfully, "But he's right. " "Now what do we do?" continued the littlest one impatiently. "What choice do we have? "the middle brother shrugged. "Let's just run away from here", said the oldest, as the other two looked on astonished. "Just for tonight, we'll search for joy and life again".

The brothers nodded, and they quickly slipped away before anyone else could notice.

A small star in the heavens lit up – it would show them the way. As fast as they could, the brothers scampered toward the light. It was their only landmark.

The chirping of the cricket accompanied their steps, and they suddenly felt unsure and small. Their bad conscience gnawed at them, and they were afraid of the howling of the wolves, which seemed to be getting closer. The wolf pack was restless tonight, and their leader tried in vain to keep them calm. There was something in the air, and no one could guess from whence it came. The coming morning seemed yet an eternity away, and the thundering of the waterfall sounded loud and threatening. The memory of the tragedy years ago hammered in their heads as if it had been yesterday.

The little hedgehog brothers shook with fear. "I want to go back home!" the youngest whispered. The two others nodded silently.„Back home?" A voice lit up the night. The hedgehogs looked around in astonishment. Their eyes were accustomed to the darkness, yet they could see nothing. Nothing and no one. „Back home? ", repeated the voice. The oldest hedgehog turned to his brothers. "I think it's enough for today. Let's go back". „Stay here", sounded the voice from a bush.

The star in the sky placed itself directly over the big dog rose bush, yet nothing could be seen. „That's impossible", screamed the littlest one, and the other two held their breath in fear. „Have you gone blind? ", asked the voice from nowhere, and giggled happily.

Suddenly, the night lit up, and to the eyes of the hedgehogs, a giant bubble appeared, luminous in the colors of the rainbow. They were blinded. Fortunately, as the wolves were already standing behind them. This time, not lying in wait for prey, but still and full of expectation. The deer and the elk had awakened and the wild boars stood in peace next to the bears, which had come from the mountains far away. The moon's reflection mirrored in the bubble and it was difficult to decipher its contents. The foxes kept a respectable distance, not daring to encroach upon this object of wonder. A melody filled the air – chimes from harps and triangles rose in the night sky. It smelled of cinnamon and coriander, and the perfume of roses and lavender. A colorful mist enclosed the forest and the animals. It all seemed like a beautiful dream.

„Beware! Beware! ", screeched the owls. "Beware this new-fangled nonsense about magic! Go back and fulfill your duties!"

Their voices nearly failed them, as the bubble suddenly burst. A cool rain began to fall. The wild boars were the first to begin to cry, followed by the wolves, then the foxes, and later the bats. Finally, the owls joined them in their weeping. They sobbed and howled and let the pain of all the years fall like flower petals on the forest floor. A cloud covered the moon and let the sadness flow undisturbed. A waterfall of tears descended upon the valley. Relieved, the animals looked at one another. What had happened here? The hedgehogs were filled with a warmth and security that they had never known before. Before them, a being arose as they had never before seen - a small, cheerful figure with long, silver-gray hair and two gleaming white wings on its back, large shoes on its feet and a cape of gold silk. „Who are you? " asked the youngest hedgehog. The other animals admired his courage.

"Hello friends", the voice sounded in their ears. "It's time for a new fairy land, don't' you agree? ". His brown eyes shone in the rising sun like a rainbow. "I have come from far away. My father has sent me to you, for he has seen that you have lived long enough without feeling. Therefore, I come as a child to you, and you can learn from me".

The animals paused thoughtfully. They were to learn from a child? "What is your name, anyway?" the middle hedgehog brother dared to ask. „My dear hedgehogs", the voice of the newcomer changed, and five women figures appeared at his side. They wore light, friendly robes and swirled around him like a song or a verse. "You discovered me yourselves with the innocence of your hearts, and for that I thank you". The figure rose, free and light, above the heads of the animals. With each meter he rose, he grew to his true and wonderful dimension. „I am Gilabert, king of the elves. I welcome you warmly to a new time". Countless elves and fairies appeared, stroking the wolves and tickling the squirrels. They giggled and joked, sang and danced. Life had returned to this forest, and the waterfall stood at the ready for all the tears of the future. Those of mourning and those of happiness. The trees became the forest advisors and the bushes soft beds. The prudence of the owls had found a resting place, and had learned to trust the intuition of the elves.

And Gilabert enjoyed this, to the end of his days.

https://deutsch2english.wordpress.com

thanks to Jen, who translated this fable
First associations for this topic

When you tell me something, it is first and foremost your voice that I hear.
What you say needs time on its way to my brain.
How you say it embraces my heart. I thank you for that!
Just say it. What you want, what you wish from me.
Trust in yourself and everything will be good. Most certainly.

Gedankenlos

„Schließen Sie langsam die Augen, entspannen Sie sich, atmen Sie tief.

Ein und aus und ein und aus…" Margarete schnappte nach Luft und kippte um.

Gleich einem Mehlsack plumpste sie vom Stuhl und auf den glänzend polierten Parkettboden des Seminarraumes im Wellnesshotel.

Sie war eine der wenigen gewesen, die für das Sitzenbleiben auf den Stühlen gestimmt und sich gegen den Schneidersitz ausgesprochen hatte, den der Seminarleiter anregte. Alle Anwesenden rissen die Augen blitzartig auf. Margaretes Nachbarinnen – es waren ausschließlich Frauen im „Hier und Jetzt"- Seminar mit dem gutaussehenden Wellness-Trainer – nahmen sich ihrer an. Der Trainer näherte sich dem kleinen Grüppchen mit einem Erste Hilfe Koffer, den er für solche Fälle stets mit dabei hatte, wenn er auf Seminar fuhr. Es kam nämlich tatsächlich immer wieder vor, dass eine der Damen, die sich für dieses erholsame Wochenende entschieden hatte, mit letzter Kraft im Seminar ankam. Einige von ihnen hatten zuvor zu wenig gegessen, andere zu wenig getrunken, die dritten gar zwei Prosecci zu viel getankt, um sich Mut für das Hier und Jetzt zu machen. Meistens genügten die stabile Seitenlage und liebevolle Worte, um die Teilnehmerinnen wieder in den Raum zurück zu holen. Heute schien das ganz anders zu verlaufen, denn Margarete reagierte nicht, sondern blieb wie leblos auf dem Boden liegen. „Sie wird doch nicht…" kam es von einer der Frauen in Richtung des Trainers. Er hörte nicht hin. „Wir brauchen eine Trage!" sagte er laut und fischte sein Mobiltelefon aus der Hosentasche. Einige der Frauen schauten einander verwundert an. Gerade er, der ihnen zuvor noch gepredigt hatte, wie ungesund die Handystrahlung für den Organismus sei und dass er nie ein solches Teil mit sich herumtrug, eben wegen der negativen Energie, die er in seinem Umfeld nicht duldete. Diese Blicke kamen von jenen Frauen, denen das Schicksal Margaretes gleichgültig war. Sie litten viel mehr darunter, dass ihre teuer bezahlte Wellness Zeit hier für den Schwächeanfall einer Teilnehmerin vergeudet werden könnte. Die zwei jungen Männer, die in diesem Augenblick mit der Trage herein kamen, ließen die weiblichen Augenpaare sowohl die Sorge als auch den Unmut vergessen. Die Art und Weise, wie sie Margarete auf die Trage hievten und mit einem zuversichtlichen Lächeln laut: „Wir kümmern uns um die Dame, macht nur weiter!" sagten, brachte wieder Zuversicht in den Raum. Dass die beiden Pagen das hin und wieder im Benimm Seminar des Fünfsternehotels geübt hatten, zahlte sich jetzt endlich aus. Rausgetragen worden war nämlich schon lange niemand mehr. Margarete bekam von alledem gar nichts mit. Sie hatte sich den Kopf angeschlagen, was der schnell herbeigerufene Arzt bereits freien Auges aufgrund einer Beule diagnostizieren konnte. Also vielleicht eine kleine Gehirnerschütterung. Diese Ohnmacht allerdings ließ sich nicht so einfach erklären. Der Doktor prüfte Herz und Lunge, die taten ihre Dienste. Margarete lag mittlerweile mit nach wie vor geschlossenen Augen auf dem weichen Hotelbett, in das sie getragen worden war, ihre Beine auf mehreren Kissen hochgelagert. Sie atmete friedlich und der Vergleich mit Schneewittchen drängte sich auf. Die Lippen rot wie Blut, die Haut so weiß wie Schnee, die Haare schwarz wie Ebenholz,. Fürwahr, die hochaktuelle Lippenstiftfarbe „Pure Red", leuchtete dem Arzt in einer beeindruckenden vierundzwanzigStundenGlanzEigenschaft entgegen, die Gesichtsfarbe Margaretes glich der Farbe des Leintuchs und ihre Haare? Der Doktor strich die dunkle Haarsträhne, die Margarete ins Gesicht hing, mit einer pragmatischen Geste aus ihrem Gesicht. Dabei entdeckte er den gar nicht so schwarzen Haaransatz und musste schmunzeln. „Wieso lächeln Sie, Dr. Meier? Ist mit der Frau alles in Ordnung?" „Nun, ich glaube, wir warten einmal ab. Körperlich ist alles so wie es sein soll. Vielleicht ist sie einfach nur total erschöpft, kommt ja immer wieder vor, heutzutage." „Martin, bleiben Sie bitte die nächsten Minuten hier neben ihrem Bett sitzen. Wenn Sie innerhalb einer Viertelstunde nicht aufwacht, werden wir sie lieber ins Krankenhaus überstellen. Doch in der Zwischenzeit gönne ich mir draußen einen Kaffee. Der schmeckt bei euch so herrlich!" Mit diesen Worten ließ er den Pagen mit der Patientin im Zimmer zurück. Martin setzte sich auf den bequemen Fauteuil neben dem Bett. Er fühlte sich alleingelassen und starrte unentwegt auf Margarete, so als ob er sie hypnotisch zum Aufwachen bewegen wollte. Die Engel, die sich mit den beiden im Raum aufhielten, konnte Martin nicht sehen. Einer von ihnen war es auch gewesen, der Margarete von ihrem Stuhl geschubst und ein wenig unsanft landen hatte lassen. Alle bisherigen Formen der Einflussnahme himmlischer Natur waren an Margarete bereits gescheitert. Sie war eine erfolgreiche, intelligente Psychologin und Psychotherapeutin, die stets die richtigen Erklärungen für Phänomene der besonderen Art gefunden und sie allesamt kaputt analysiert hatte. Auch heute, am Beginn dieser Meditation, war sie wieder auf dem besten Wege gewesen, die Worte zu zerpflücken, anstatt sich endlich ganz auf sich selbst ein zu lassen. Auf jeden noch so kleinen Zellimpuls zu hören, der um Aufmerksamkeit für ein intensiveres Leben rang, oder um die Liebe einfach um ihrer selbst willen. Selten kamen Margarete die Tränen, selten wurde sie wütend, kaum freute sie sich einen Haxen aus. Sie lief stets auf einem sehr verträglichen und reflektierten Niveau durch ihr Leben und langsam vertrocknete sie innerlich. So hatte es zumindest Josef ausgedrückt, den sie vor einigen Wochen zum ersten Mal gesehen und den sie erst ein paar Mal getroffen hatte. Angesprochen hatte er sie bei dieser Vernissage zu der sie gar nicht gehen hatte wollen und dann zögernd im Eingang stehengeblieben war. Josefs Blick war von innen geradewegs auf die hübsche Frau gefallen, die ihm in diesem Augenblick ein dankbares Lächeln schenkte und eintrat. Im Laufe des Abends sprach sie nur noch wenig mit ihm, doch bevor er ging, bat er sie nach einer Kontaktmöglichkeit und fast automatisch zückte sie eine ihrer geschäftlichen Visitenkarten. Sie hatte schon bei ihrer Vorstellung ihren Beruf dazu gesagt und wer weiß, vielleicht brauchte der Mann ja ihre fachkundige psychotherapeutische Begleitung. Wenig später verließ sie die Vernissage ebenfalls. Sie hatte schon recht gehabt, die Bilder waren nicht nach ihrem Geschmack. Wenige Tage später rief Josef bei ihr an. Sie brauchte eine Zeit, bis sie ihn überhaupt zuordnen konnte, doch er ließ nicht locker und lud sie ein. Fürs erste in eine Ausstellung, ein andermal ins Theater und einmal sogar zum Essen. Stets behielt sie die Facon, sprach kluge Dinge und hielt ihn damit geschickt auf Distanz. Margarete kam immer gut gekleidet und gestylt und sie begrüßte und verabschiedete sich von Josef jeweils mit einer zarten Umarmung, bei der ihm jedes Mal ein wenig fröstelte. Doch er, besser gesagt, der männliche Jäger in ihm, wollte es genauer wissen. Und schließlich landeten sie im Kino. Klarerweise in einem, wo die Filme in Originalsprache gespielt wurden. Ein rühriger, prämierter Weihnachtsfilm stand auf dem Programm und Josef kannte das Risiko seiner Wahl. Während einer Szene, in der die Titelheldin im Film gerade all ihr Hab und Gut verlor, legte Josef Margarete seinen Arm um die Schulter. Warm fühlte sich das an und angenehm. Und doch „Du, mich brauchst du jetzt nicht zu trösten, ich mein, die ist ja selber schuld an ihrem Elend!" Flugs waren diese Worte aus ihrem Schlund gepurzelt und Josef mitten ins verdutzte Gesicht gesprungen. Er nahm seinen Arm wieder zu sich und wusste Bescheid. Nach dem Film bei einem Glas Wein fiel eben jener Satz. „Du vertrocknest langsam innerlich." Sie hatte die frisch gefärbten Haare nach hinten geworfen und ein wenig zu schrill gelacht. Wenige Tage später lag ein Brief in ihrem Postkasten. In ihm steckte ein Hotelfolder und eine kleine silbergraue Karte auf der mit Füllfeder geschrieben stand: „Liebe Margarete, vielleicht interessiert dich das und du gönnst dir so ein Wochenende? Ich fahre jetzt für einige Tage beruflich weg. Mach´s gut derweil Josef."

Als er den Brief in den Postkasten geworfen hatte, war es ein Abschied von dieser perfekten Margarete. Das frische Lächeln, das ihn bei ihrem Kennenlernen verzaubert hatte und von dem er sich mittlerweile nicht mehr erklären konnte, woher es an diesem Abend gekommen war, das wünschte er sich zurück. Der Brief sollte der letzte Versuch sein. Ein tiefer Seufzer begleitete das Kuvert.

Dieser Seufzer rief die Engel auf den Plan. Einer von ihnen war es gewesen, der einen wärmenden, prickelnden Hauch der Liebe über Margarete gelegt hatte, als Josefs Augen den ihren das erste Mal begegneten. Doch scheinbar war das noch nicht genug für die kleine kindliche Seele in der großen Frau gewesen. Jetzt war lichtvolle Verstärkung angesagt. Margarete lag reglos da. Inzwischen waren fünf Minuten vergangen, Martin wetzte auf seinem Sessel hin und her. Margarete träumte. Träumte davon, ein Baby zu sein. Im Bauch der Mama sicher und geborgen schwimmend. Die Außengeräusche gedämpft wahrnehmend. Sie streckte die Arme und Beine aus und gähnte, um sich dann auf die Seite zu drehen und gleich einem Embryo zusammen zu rollen.

Martin erschrak und war dennoch erleichtert, ein Lebenszeichen zu vernehmen. Gleich darauf war alles wieder ganz still. Margarete lag jetzt von ihm abgewandt und er wagte es nicht, auf die andere Seite zu gehen, um ihren Atem zu überprüfen. Lieber holte er den Doktor. Das Zimmer war für wenige Minuten leer. Das reichte den Engeln allemal, um Margarete in einen Kokon von Liebe und Sicherheit zu hüllen, welchen sie so dringend brauchte. Es bedurfte nur weniger Flügelschläge all die dunklen und

angstmachenden Energien aus Margaretes Aura zu
vertreiben und sie durch Mut spendende und vertrauensvolle
Energien zu ersetzen. Die Fenster gingen wie von
Zauberhand auf und alles, was sich m Laufe der Jahre
angesammelt und Margaretes Herz verdunkelt hatte, durfte
gehen und im himmlischen Licht der nahenden Weihnacht
transformieren. Ein heiliger Moment der Liebe erleuchtete
den Raum.

Später würde Margarete diesen Frieden in ihrem Herzen
wohl darauf zurückführen, dass sie sich endlich richtig
ausgeschlafen und erholt hatte. Und auf die Hier und Jetzt
Meditation. Doch das neue Licht in ihrem Herzen würde für
alle Zeit ihrem klaren Verstand die Handreichen, ihr Gehirn
im neuen Modus arbeiten. Margarete träumte von großen
starken Armen, die sie hielten. Von liebevollen Worten, die
sie trösteten, von fröhlich glucksender Freude, die umgab.
All die Gefühle, die sie als Kind erlebt und abgespeichert
und dann beim Großwerden dennoch vergessen hatte
durchfluteten - von der weihnachtlichen Engelenergie
verstärkt - ihren Körper. Als sie aufwachte, lächelte sie.
Dem alten Doktor direkt ins Gesicht, der soeben nochmals
ihre Körperfunktionen überprüft hatte. „Na sehen Sie,
Martin. Alles in Ordnung, " brummte er und wandte sich
Margarete fast väterlich zu „Guten Morgen, junge Frau."
Üblicherweise hätte Margarete an diesem Nachmittag sofort
mit „Was heißt hier guten Morgen, es ist doch mindestens
schon vier Uhr nachmittags?" geantwortet, doch jetzt
brachte sie nur ein sanftes „Guten Morgen? Also ich bin
echt noch zu müde, um aufzustehen!" Sprach es, drehte
sich auf die andere Seite und schlief wieder ein. Martin

blickte den Arzt hilfesuchend an. Ihm war die Bange anzusehen, wieder Wache halten zu müssen. Doch der Doktor sagte nur: „Hab ich es doch gesagt, total erschöpft. Komm Martin, es ist alles in Ordnung, wir lassen sie jetzt schlafen."

Margarete schlief. Traumlos. Ihre Seele konnte heilen. Ihr Geist durfte ruhen. Ihr Körper entspannte sich. Ihr Gehirn arbeitete im neuen Modus.

Der Trainer beschloss, im Meditationsraum in Einkunft auf Sessel zu verzichten, die anderen Frauen übten sich im Hier und Jetzt Fühlen und verbanden das mit einem Wellness Paket des Hotels.

Und Margarete schlief. Bis zum nächsten Morgen.

Nach dem Frühstück bat sie den Trainer um eine Einzelstunde untertags, um diese HierundJetzt Meditation nachzuholen. In die Gruppe wollte sie nicht mehr. Und auch nicht in den Wellness Bereich. Sie beanspruchte diese Zeit nur für sich. So kam es, dass sie durch den großen Park spazierte, die kleinen Eiskristalle auf den Bäumen glitzern sah und schließlich beim kleinen Teich vollkommen unvernünftig ihre Schuhe auszog und barfuß den kalten Boden unter ihren Füßen spürte. Sie steckt sogar die Zehen ins Wasser und lachte laut auf. Diesmal echt und kehlig. Wie warm und wohlig sich die Socken danach wieder anfühlten, wie frisch und klar die Luft erschien, die sie tief in ihre Lungen zog. Die Meditationsübung ein wenig später tat ihr gut und sie beschloss, sie mit nach Hause zu nehmen. Abendlich suchte sie sich einen abgeschiedenen Tisch und konzentrierte sich auf die herrlichen Speisen und ihren

Geschmack. Dazu bestellte sie sich ein Glas Wein und ein Glas Wasser und freute sich ihres Lebens. Sie blieb auch noch die zweite gebuchte Nacht. Wieder schlief sie traumlos. Ihre Seele konnte heilen. Ihr Geist durfte ruhen. Ihr Körper entspannte sich. Ihr Gehirn arbeitete in einem neuen Modus. Nach einem ausgiebigen Frühstück fuhr sie in ihre Wohnung zurück. Am Weg besorgte sie sich Blumen. Daheim angekommen frischte sie die Blumen ein und stellte sie auf den kleinen Couchtisch. Da lag immer noch die Karte von Josef. Margarete lächelte. Ihm hatte sie ein Stück ihres neuen Lebensgefühls zu verdanken. Nicht nur die Idee mit dem Wochenende, genauer betrachtet waren ihre Tage heller geworden seit jener Begegnung. Sie kramte in ihrem Schreibtisch nach einer passenden Antwortkarte, sie kamen ihr alle mit einem Mal so förmlich und langweilig vor. Also malte sie eine kindliche Blume auf eine der Karten und schrieb ein „Danke, das war die beste Idee seit langem. Melde dich bitte, wenn du wieder da bist. Ich freu mich." Sie griff mit der Hand nach ihrem Herzen, das so stark klopfte, wie schon sehr lange nicht mehr. Die Engel im Zimmer nickten einander zu und überließen sie sich selbst. Und Margarete? Sie steckte die Karte in ein Kuvert, klebte eine Marke drauf und machte sich auf den Weg zum nächsten Postkasten. „Ich werde jetzt öfter entleert – für Ihre Weihnachtspost" stand auf der gelben Kiste.

„Ach ja, Weihnachten in weniger als drei Wochen."
„Margarete und Josef?"

Alles ist gut

Gedankenverloren schlurfte ich morgendlich in die Küche, um das Wasser für den Tee in den Kocher zu leeren, um kurz danach sein alltägliches Sprotzeln zu vernehmen. Diese Melodie begleitete mich nunmehr seit Jahren, stets als Vorspiel für das reibende Geräusch der Espressomaschine. Ich bin einfach ein Ohrentier. Als Kind wurde ich aufgrund meiner großen Ohren oftmals gehänselt. Da war von der Gleichberechtigung noch keine Rede, kein Mensch sagte "gegretelt". Heutzutage bin ich stolz auf meine Lauscher. So stolz, dass ich mir sogar Spok-Ohren zu Weihnachten gewünscht hab! Und was ist passiert? Meine zwei wunderbaren Christkindlkinder sind unabhänigig voneinander losgezogen. Jetzt nenne ich jeweils ein Paar aufsetzbare und ein Paar fix verklebbare Elfenohren mein eigen. "Hihihi". Wer lachte dann da? Mein Sohn putzte oben im Bad die Zähne, sonst war an diesem Morgen niemand im Haus. "Hihihi, Elfenohren...". Ich rubbelte mir den Schlaf aus den Augen und schüttelte den Kopf. "Was die immer glauben, die Menschen..." ertönte das helle Stimmchen abermals. Der Blick zum Radio erwies sich als hinfällig. Still und stumm wie an jedem Morgen harrte er des Aufdrehens durch ein anderes Familienmitglied. Ich selbst liebte die Ruhe. "Ruhe, du liebst die Ruhe?" Das Stimmchen schien meine Gedanken lesen zu können. "Ja, ich mag die Ruhe" sagte ich ganz leise, fast wie zu mir selbst. "Juhu, huhu, haha, hihi, hoho...sie kann uns hören!" Mehrere Stimmchen jubelten durcheinander. "Ja", antwortete ich abermals ein wenig zögerlich. "Ja, ich kann euch hören."

"Ähm, wo seid ihr?" fügte ich noch schnell hinzu. "Wo wir sind? Du willst wirklich wissen, wo wir sind? Dann schau doch genau! Und spür! In dich hinein, am besten! Süße!" Das "Süße" berührte mein Herz, so hatte mich schon sehr lange niemand mehr genannt. Obwohl es genug Menschen um mich gab, die mich liebten, allen voran mein Mann und die Kinder. "Süße". so hatte mich nur die Mutti genannt. "Sei nicht traurig" Die Stimmchen veränderten ihre Tonlage und bekamen etwas Warmes, sehr Liebevolles. "Du, alles ist gut." Den Wasserkocher aus dem die Stimmen offensichtlich ihren Weg fanden, hatte ich damals aus dem Haushalt der Mutti mitgenommen. Weil sie ihren Weg in den Himmel gefunden und keine Verwendung mehr für solcherlei Geräte hatte. "Du, wir kommen zwar aus diesem Gesprotzel, doch wir sind immer wieder mal um dich. Um dich zu erinnern. Die Liebe der Mutti ist in dir. Die ist immer noch da, gell?" Verdattert stand ich in der Küche und starrte auf den Kocher. "Mama, Mama schläfst du noch?" Der 12jährige war im Stimmbruch und morgendlich charmant. "Nein" lächelte ich. "Alles ist gut." Mit einem wundersamen Frieden in meinem Herzen kehrte ich in diesen Morgen zurück und machte das Frühstück.

ER

ER begegnete ihr in einer der schlimmsten Zeiten ihres Lebens. Also genauer gesagt, kannten sie einander schon lange. Damals, als er noch im Geschäft seines Vaters an den Samstagen aushalf, waren ihr seine strahlenden Augen und sein Lächeln schon aufgefallen. Wenn sie das Geschäft betrat, besserte sich ihre Stimmung augenblicklich. Er war Student und viel jünger als sie, doch seine Ausstrahlung erzeugte in ihr einen wohligen Schauer. Sie schalt sich eine Närrin und nahm die Begegnungen als Bereicherung ihres Lebens. Dann zum zweiten Mal begegnete er ihr als ihr Bankberater. Sowas von fein. Statt auf die anderen knorrigen oder hässlichen Typen wieder auf ihn zu treffen. Was immer sie zu bereden hatten, es herrschte wieder dieses gute, erfrischende Gefühl, wenn sie ihm an seinem Schreibtisch gegenüber saß. Ein Mann war er geworden, verheiratet und Vater einer entzückenden Tochter. Nichtsdestotrotz fühlte sie sich in seiner Gegenwart jung und weiblich. Es war eine wunderbare Art, Geschäfte zu machen. Sie erfreute sich an seiner Erscheinung, die immer wieder mal einer Mode folgte. Schick! Manchmal in diesen Besprechungen stellte sie sich vor, wie es wohl wäre, ihn zu verführen. Seine Hände auf ihrer Haut zu spüren und ihn seine ganze Männlichkeit einmal von der lasziven Seite spüren lassen. Sie vermutete, dass da einiges in ihm steckte, das er noch nicht einmal selbst entdeckt hatte. Wie gern würde sie ihm diesen Vorschlag machen. Doch sie hielt sich zurück und er blieb höflich, wenngleich sein Lächeln verriet, dass er noch nicht zu den Biedermännern gehörte.

Doch die dritte Begegnung würde sie nie vergessen. Sie kam vom Einkaufen nach Hause. Wenige Tage nachdem sie die niederschmetternde Diagnose ALS erhalten und von allen offiziellen Ämtern zurückgetreten war als auch ihren Beruf aufgeben hatte müssen. Davon war er unterrichtet, weil sie in seiner Bank ein regionales Amt bekleidete und ihm von ihrer Diagnose formell berichtet hatte. Wo andere ohnmächtig erstarrten und ihr aus dem Weg gingen, kam er mit seiner Tochter vorbei und umarmte sie. Der Blumenstrauß war wunderschön, wenn auch ein wenig zu protzig. Doch seine Warmherzigkeit und seine Umarmung taten nicht nur gut, sondern bestätigten alles, was sie sich vielleicht manchmal in Tagträumen vorgestellt hatte. Er fühlte sich gut an. Gut und warm und zärtlich und stark. Obwohl er kein Hüne war, strahlte er doch eine Stärke aus, in die sie sich fallenlassen konnte. Sie war aufgelöst in Tränen, das passierte immer wieder, wenn sie die ehrliche Anteilnahme eines anderen Menschen spürte.
Beim nächsten Business Termin trug er ein blitzblaues Hemd, das seine Augen noch mehr strahlen ließ als sie das sonst schon taten. Bei der Frage nach ihrem Befinden musste sie schlucken. Da war es wieder, das Bedürfnis nach einer Umarmung und alles sollte einfach wieder gut sein und so wie früher. Vielleicht würde sie ihm bald das Du-Wort anbieten, sie wollte ihn gern in ihrem Leben behalten. Als einen Mann, der sie inspirierte. Jenseits von Moral und Pflicht. Und sie wollte ihm das endlich gesagt haben, denn er begleitete sie jahrelang aufhellend, doch das eine Mal mit Löwenmut.

Es gibt Menschen

Es gibt Menschen, die gehen vorüber und es wird warm
Andere kommen entgegen und es fröstelt
Die meisten bemerkt man gar nicht
Manche haben diese strahlenden Augen, die Mut spenden
Wenige kommen in Kontakt mit ihren Händen oder
Mündern. Die meisten scheinen sich selbst nicht zu spüren
Wie unwichtig, solange man alleine durch die Welt geht.
Frei, wild und unabhängig,
Stark gesund und erfolgreich
Doch dann fügt sich der Moment,
wo die Kinder kommen.
Beschützenswerte, kleine, hilflose Wesen
Überantwortet denen,
die scheinbar die Großen sind.
Wie leicht ist das gesagt und
welche Mühe bereitet es dennoch.
Ein Mann, der mit seinen Augen wacht, um zu erkennen
Eine Frau, die das Herz weit aufmacht, um das Überleben
zu sichern.
Es ist eine heilige Zeit mit den Kindern. Eine ganz
besondere. Eine anstrengende auch und manchmal eine gar
erschöpfende.
Oft eine glückliche, fröhliche, die in die Zukunft weist.
Gute Freunde, Helfer und Engel werden gebraucht!
Von den Kindern. Mehr noch von den Eltern!

Da ist etwas, das mich berührt

Da ist etwas, das mich berührt

Und es hat mit dir zu tun

Mit deinen Augen

Mit deinem Lachen

Mit deiner Sprache

Mit der Art, wie du auf mich zugehst

Mit offenen Armen

Mein Herz klopft beim Schreiben

Dieser Worte

Anders als sonst

Jetzt gerade nur für dich

Danke für das Hier und Jetzt

Das ist es wohl, das mich berührt

Die kleine Hexe Walpurga

Vor langer, langer Zeit, im Jahre 1957, kam die kleine Hexe
Walpurga auf die Welt. Niemand konnte sie gleich als
Hexlein erkennen, sie war ein ganz normales Mädchen. Nur
eines war klar, sie hatte vom ersten Atemzug an und
wahrscheinlich schon zuvor ihren eigenen, festen Willen.
Walpurga, von ihren Eltern und ihrer großen Schwester
liebevoll Burgi genannt, war ein ausgesprochen braves
Kind. Sie weinte nicht und schlief brav und viel. Das
dachten jedenfalls die anderen.
In Wahrheit bekam Walpurga schon in ihrer ersten Nacht
auf dieser Welt Besuch von ihren wahren Verwandten aus
der Hexenwelt.
"Servus, Hexlein Walpurga!" hauchte die Hexe Abendrot
"willkommen in der Hexenwelt! Gut, daß Du eine von uns
bist. Jetzt komm' aber mit, denn es gibt so viel zu lernen für
Dich." Und so kam es, daß die kleine Hexe Walpurga sehr
bald die Hexensprache, das Besenreiten und das
Kristallkugellesen erlernen sollte. Burgi verriet niemanden
von dieser Hexenwelt, denn das
war die oberste Bedingung, um eine Hexe bleiben zu
können.
Sie war einerseits neugierig und wollte mehr und mehr
wissen, doch andererseits hatte sie auch ziemlich große
Angst vor den Mächten der Hexerei.
Doch ihre Lust am Hexen war stärker als ihre Vorsicht, es
dauerte nicht lange und Walpurga war alt genug, um in die
"richtige" Hexenschule zu gehen.
Burgi fühlte sich als etwas Besonderes, keines der Kinder,
die sie kannte, konnte sie sich in der Hexenschule
vorstellen, die waren alle langweilig und hatten nichts
Besseres zu tun, als ihre Kinderspiele zu spielen. Aber sie,
Burgi, sie würde ab nun das Hexen lernen und zwar

gewissenhaft und genau, mit dem großen Ehrgeiz, etwas damit anzufangen.

Die Hexe Abendrot kicherte bei diesem Gedanken ein wenig. Walpurga war zwar von guter Auffassungsgabe, doch kaum wähnte sie sich wissend, ging sie schon ans Probieren und vergaß völlig auf jede Gewissenhaftigkeit. Aber sie war ja noch klein, das würde sich sicher noch einrenken.

Burgi freute sich schon sehr, außer Abendrot noch viele andere Hexen und Hexer kennenzulernen. Abendrot war ja ganz nett, doch schien sie zu harmlos für eine echte Hexe, selbst ihr Name klang eher nach einem Schäfchen...

Kurz nach ihrem sechsten Geburtstag war es also soweit, Burgi kam in die Schrattensteiner Hexenschule, die sich in den alten Gemäuern der Ruine Schrattenstein hoch über dem Rosental befand.

Untertags war dort außer alten Steinen und Gras nichts zu sehen, doch nachts, wenn die Zeiger der Uhr auf Zwölf standen, erfolgte dort eine wundersame Verwandlung.

Die verfallenen Mauern waren in Windeseile wieder heil, in den Räumen erschallte Lachen und das Klirren von Geschirr und Gläsern, sowie zahlreiche helle Kinderstimmen und fröhliche Musik. Ein großes Feuer sorgte für wohlige Wärme und schwebende Stühle dienten als Sitzgelegenheit.

Burgi war sehr verwundert, sie war mit Abendrot auf deren Besen gekommen und hatte sich sicherheitshalber hinter deren Kittel versteckt - sie hatte Dunkelheit und hämisches Gelächter erwartet, sowie Raben, schwarze Katzen und Kröten.

"Aber Walpurga - was denkst Du denn?" gluckste Abendrot "hier fängt alles an und was eine gute Hexe werden will, muß sowohl das Gute als auch das Böse kennenlernen, um entscheiden zu können, was in den zukünftigen Hexereien das gescheiteste zu tun ist. "Das gescheiteste?" Burgi blickte Abendrot verwundert an. "Ja, natürlich! Glaubst Du denn, wir machen das nur zum Spaß? Wir haben eine wichtige Aufgabe auf dieser Welt!" "Hm" Burgi schluckte, das klang ja krawutzelig nach Pflicht und Verantwortung - ob sie dafür wohl die richtige war?

Doch für viele Gedanken blieb keine Zeit. Vom Himmel hoch auf einem Besen und begleitet von einem Schwarm von Sternen schwebte eine große Gestalt auf die Ruine zu.

Bei näherem Hinsehen konnte Burgi einen Mann erkennen, mit langen, lockigen Haaren, pechrabenschwarz, und einem riesigen Schlapphut, der im Licht des Mondes golden funkelte.

Die Augen des Hexers waren bernsteinfarben und seine Lippen blutrot, dazwischen saß eine Nase, die Burgi an Abbildungen von Raubvögeln erinnerte und ebenso hatte er einen Mantel an, der fast wie Gefieder aussah.

Dazu hohe Stiefel und eine Umhängetasche aus Leder.

Hemd und Hose konnte Burgi nicht richtig erkennen, sie schienen die gleiche Farbe zu haben wie der Nachthimmel zu haben - mitternachtsblau.

Sein Anblick war überwältigend - auch seine Größe und Stärke. Burgi war ja noch ein kleines Mädchen. Sie ahnte nicht, dass sie ab nun in ihrem Leben insgeheim nach einer Gestalt wie dieser suchen würde.

"Wer ist das?" fragte Burgi Abendrot - und Abendrot antwortete voller Ehrfurcht "Das ist Hexenmeister Rapazant - er ist der höchste in der Hexenhierarchie - gemeinsam mit seiner Frau, der Hexe Sibula."

"Seiner Frau?" "Kindchen, glaubst Du denn, Hexen gelingt mit einem

Geschlecht alleine? Für wirklich schwierige Fälle braucht es die Vereinigung der weiblichen und männlichen Energien, deshalb suchen alle Hexer und Hexen ab und an nach einer Frau oder einem Mann.

Es ist allerdings nicht so wie bei Euch Menschen - denn für die Alltagszauberei kommen wir recht gut alleine zurecht und für die anspruchsvollen Dinge dürfen wir uns immer wieder neue Partner suchen."

Burgi verstand kein Wort, und wusste nicht, wie zutreffend dieser Satz für ihr weiteres Schicksal sein würde, sie nickte nur und war schon wieder abgelenkt, denn sie fühlte einen Luftzug über ihren Kopf streichen und blickte nach oben.

Das musste sie sein – Sibula. Ihr Besen sah aus wie aus Glas und ihr Mantel war von einem weißlichen Blau, geschmückt von kleinen Sonnen, die die Farben des Sonnenaufganges spiegelten. Sie sah aus wie eine Libelle, so leicht und bunt und ständig schien sich ihre Augen- und Haarfarbe zu verändern. Sie schritt nicht durch den Raum, wie Rapazant das getan hatte, sondern tänzelte geradezu, um auf einem weichen flauschigen Fauteuil an seiner Seite Platz zu nehmen. Daraufhin blickte sie wach und offen in die Menge, und sie schien sich köstlich zu amüsieren.

Was würde jetzt geschehen? Burgi war sehr gespannt und betrachtete das ungleiche Paar. Die Macht, Kraft und Verantwortung neben der Lieblichkeit, Fröhlichkeit und Lust. Nach und nach verstummte das Gemurmel der vielen anwesenden Nachwuchshexlein und ihre Patinnen und Paten.

Es war eindeutig, dass die weiblichen Neulinge in der Überzahl waren, Hexerlehrlinge waren kaum welche zu sehen. „Warum, warum gibt es hier so wenige Buben? „ fragte Burgi in die zunehmende Stille hinein und erschrak selbst über die eigene Lautstärke. Abendrot zuckte zusammen und sah erschrocken in Richtung Rapazant, der sofort auf die kleine Walpurga aufmerksam geworden war. Rapazant blickte Burgi an und im Augenblick war sie wie versteinert. Die anderen Hexlein hielten den Atem an, noch nie zuvor hatte es jemand gewagt, diese Frage zu stellen. Da ertönte ein lautes, helles Lachen. Sibula schüttelte sich vor Vergnügen und gluckste „Sag es uns doch, Rapazant, sag es uns!" und zu Burgi gerichtet „weißt Du, das wollte ich auch immer schon wissen..."

In Rapazants Gesicht wich die Verwunderung über dieses freche Hexlein einem Schmunzeln. Er ließ seinen Blick in die Runde streifen und ließ ihn schließlich wieder bei Burgi haften, als er begann zu erzählen.

„Meine lieben Hexen und Hexer und Nachwuchshexleins vor langer, langer Zeit waren die Männer, die.........

Ach, was rede ich! Kurz und gut, die Männer eignen sich seltener zum Hexen. Sie müssen arbeiten, Kriege führen, Politik treiben und und und.... da bleibt wenig Zeit für Sensibilität und Gefühl."

Die Hexen verstanden nichts. Doch Rapazant fuhr fort „ zum Hexen brauchst Du in erster Linie das Vertrauen in Dein Innerstes und die Kraft Deiner Gedanken und Gefühle. Das wurde den Männern zu selten erlaubt.

Aber die Zeiten ändern sich, wir haben jetzt 1957 und langsam lernen die Mütter ihren Söhnen das Hexen zu erlauben...."

Rapazant fiel auf, dass er ins Philosophieren gekommen war, was von vielen befremdeten Blicken bestätigt wurde.

„Genug geschwätzt, jetzt wird gehext!!!" rief er, sprang auf und holte ein dickes Buch aus seiner Ledertasche. Seine Augen begannen zu glühen und das Umblättern der Seiten wurde von einem hörbaren Luftzug begleitet.

An den Mauern der Ruine waren schwarze Katzen und Rabenvögel aufgetaucht, die seinen Worten genauso gespannt lauschten wie Burgi.

Im Nu waren die Räume verhext, die Nachwuchshexlein saßen auf einer Wolke und blickten hinunter auf den Ort, das Land und – was war das? Auf die ganze Erde! Sie schwebten hoch oben und wurden von Sibula begleitet. Sibula gab jedem von ihnen ihr HexennamensT-Shirt, einen kleinen Besen und das kleine Hexenlexikon. Noch dazu gab es den Hexenfotoapparat, mit der die Kleinen die Welt fotografieren sollten. Und zwar Bild für Bild. Zuerst sehen, dann fotografieren, dann das Bild betrachten, darüber nachdenken, darüber reden. Nach und nach Bilder für das eigene Ich zu sammeln.

Sibula wies extra darauf hin, eines nach dem anderen zu tun und sich nicht verführen zu lassen. „Disziplin, kleine Hexen, Disziplin ist das wichtigste am Hexen!" Ein Wort, das aus ihrem Mund ganz seltsam klang.

Burgi fand das alles sehr aufregend, sie fotografierte sofort los und hörte die genaue Anweisung nicht mehr. Sie fotografierte. Ihre Familie, ihre Schulkollegen, ihr Haus, fremde Länder, fremde Menschen, Armut, Reichtum, Liebe und Haß, Vorwürfe und Vergebungen. Sie konnte – wie so oft – nicht genug bekommen. Sibula hatte Unterstützung bekommen, der Hexer Isidor und die Hexen Unimon und Tibiza achten darauf, daß die Kleinen alles genauso machten, wie Sibula es ihnen geraten hatte. Sie wußten, was alles passieren konnte, wenn man als Hexe wichtige Gesetze mißachtet. Man macht sich und andere unglücklich. Bestürzt beobachteten sie Burgis Tun und versuchten, ihm Einhalt zu gebieten. „Vorsicht, kleine Walpurga, Vorsicht, Du nimmst Dir mehr vor, als Du verkraften kannst" riefen sie unisono und Sibula kam sofort angeflogen. „ Was ist los, Walpurga, was tust Du??" „ Hüte Dich, sonst fliegst Du raus aus der Hexenschule!"

Burgi ärgerte sich über die Zurechtweisung, schließlich war sie als Hexlein ausgesucht worden und jetzt behandelten sie sie wie in der Volksschule? Sie beschloß, sich nicht darum zu kümmern. Wenn nicht einmal Rapazant ihr etwas anhaben konnte, wie dann diese Helferleins.

Abendrot eilte herbei und begann Harmonieperlen und Verschleierungstropfen zu zaubern. „ Sie ist ja noch so klein" beschwichtigte sie, „sie hat es sicher nicht absichtlich getan." Burgi war dieses Eingreifen zwar genauso unangenehm wie der zuvor gegangene Tadel, doch war sie schlau genug, nicht zu widersprechen. Sie verhielt sich ruhig, hatte sie doch durch Abendrot die Garantie, bleiben zu können. Mit ihr wollte sie es sich nicht verscherzen. Sibula ließ sich besänftigen, Walpurga war eine freche, kokette Hexe und erinnerte sie an ihre eigenen Anfänge. Sie dachte jedoch auch daran, wieviel Kraft es sie gekostet hatte, den Beruf der Hexe zu erlernen und wieviel dieser Frechheit sie gegen Weisheit hatte austauschen müssen, die auf bitteren Erfahrungen beruhte. Selten war Sibula so nachdenklich anzutreffen wie in diesem Augenblick als sie versuchte, Walpurga das zu erklären.

Burgi hatte taube Ohren für Reflexionen dieser Art. „Ich mache das alles ganz anders „steckte in ihrem Kopf. Mir wird das nicht passieren, ich setze mich durch.

Langsam begann der Morgen zu dämmern und schnell schnell wurde noch das Besenreiten erlernt, damit die Hexlein in ihre Betten zurückfliegen konnten. Zum Abschied zauberte ihnen Sibula auch noch einige Stunden Schlafbedürfnis weg – es durfte ja niemanden auffallen, was während der Nächte in der Hexenschule geschah.

Burgi erwachte am nächsten Tag mit leichten Kopf- und Magenschmerzen. „Die blöde Sibula" meinte sie, „hat mir das eingebrockt."

Eine Sekunde lang dachte sie daran, daß alle Bilder, die sie gemacht hatte, in ihrem Körper jetzt Gefühle auslösten, die ihr Kopf nicht zu verarbeiten imstande war. Es würden im Laufe der Jahre immer wieder neue dazukommen. Und

während ihrer Auseinandersetzung mit Sibula hatte sie verpasst, wie sie damit umzugehen hatte. Doch das wußte Burgi alles nicht, sie wollte Abendrot fragen, wie man wohl Kopf- und Magenschmerzen wegzaubern konnte.
Beim nächsten Mal in der Hexenschule. Die vielen folgenden Nächte auf Schrattenstein fand Burgi langweilig.

Rapazant war nicht da. Abendrot gab nur seltsame Antworten wie „das mußt Du selbst herausfinden" oder „ wenn Du den Falschen fragst, bekommst Du die falschen Antworten"... Die Stunden bei Tibiza drehten sich um das Auftreten und die Kleidung der Hexe von morgen und Isidor ödete sie schlicht an mit seinen Betrachtungen über die Unterschiedlichkeit von weiblichen und männlichen Hexen. Überdies kam es immer wieder zu Streitereien mit Sibula, die seit dem ersten Tag die Gefahr für die kleine Hexe Walpurga witterte, zu schnell zu viel erreichen zu wollen. Sibula wollte Walpurga helfen, doch Burgi erinnerte das viel zu sehr an elterliche Ratschläge und Bevormundungen, sie wollte ihren eigenen Weg gehen. Die Jahre zogen ins Land und für Burgi war es nicht immer leicht vom sorglosen Kind zur Frau zu reifen und nächtens als Hexlein Walpurga ihre Lektionen lernen zu müssen.
Burgi zweifelte langsam daran, wirklich Hexe werden zu wollen.
Sie war nun knapp sechzehn Jahre alt und hatte es noch nicht einmal geschafft, gute Noten her oder die Magenschmerzen weg zu zaubern.
Sogar eine Gehirnhautentzündung ließen die Hexen zu und taten sie als Hinweis des Schicksals ab, die Gefühle zuzulassen und nicht im Kopf einzusperren.
So ein Quatsch, sie wollte doch nur alles perfekt beherrschen. Doch niemand half einem, alles sollte selbst erfahren und mühsam erlernt werden. Das paßte einfach

nicht zu ihrem Naturell. Sollten die doch machen was sie wollen, sie wollte lieber leben, lachen, lieben.

Kurz bevor Burgi mit der harmlosen, aber immerhin wohlgesinnten Abendrot darüber reden wollte, bekam sie allerdings den neuen Stundenplan.

Zwei Tatsachen hielten sie nun bei der Stange.

Rapazant würde die nächsten Stunden halten und die Themen waren das Leben und die Liebe. Also gab sie den Hexen noch eine Chance.

Rapazant war wunderbar. Männlich, ausdrucksstark, charismatisch, alterslos. Burgi war ein Teenager geworden, sie hatte sich schon damals in ihn verliebt, doch jetzt war es für sie klar, Sibula wurde zur Konkurrentin.

Rapazant behandelte Walpurga wie die anderen kleinen Hexleins.

Er spürte, daß sie ihm als Frau begegnen wollte und in einer stillen Stunde sagte er mit kräftiger Stimme zu ihr:

„Walpurga, wir werden eines Tages eine sehr wichtige Beziehung aufbauen, das weiß ich. Bis dahin aber mußt Du noch sehr viel lernen, vor allem über das Leben und die Liebe." Nach diesem Ausspruch ging er wieder zurück in seine neutrale Verhaltensweise und manchmal dachte sie, sie hätte diesen Satz nur in einem Wunschtraum gehört.

Alle weiteren Versuche von Burgi, Rapazant näher zu kommen, scheiterten kläglich. Burgi war zornig und enttäuscht und sie beschloß, nur noch solange die Hexenschule zu besuchen bis sie wußte, wie man die Männer verhext. Denn das hatte sie sich nun vorgenommen. Nie wieder sollte sie jemand zurückweisen dürfen. Sibula schmerzte diese Entwicklung, die sie voraussehen konnte und Abendrot wußte es nicht so genau, doch auch sie sah in der Kristallkugel, daß Burgi nur mehr in dieser Klasse am Unterricht teilnahm und dann nicht mehr. Die Lektion „in mich verliebt machen" verstand Burgi sofort, für die folgenden „mit dem Geliebten umgehen" „selbst lieben" „sich selbst lieben" „Disziplin in der Beziehung" hatte sie keine Zeit und keine Bereitschaft mehr, denn sie hatte schon jemanden gefunden, bei dem sie ihre Kunst ausprobieren wollte.

Und überhaupt, wenn die erste Hürde geschafft war, konnte der Rest ja nur noch ein Klacks sein. Rapazant verabschiedete sich an diesem Tag von ihr mit dem gleichen Blick, mit er sie das erste Mal bemerkt hatte. Burgi warf den Kopf zurück und flog auf ihrem Besen davon.

Nicht ahnend, in welch schwierige Aufgaben in ihrem Leben sie nun unvorbereitet hineingeraten würde. Nur wissend, daß sie ihren Kopf durchgesetzt hatte. Sogar beim Hexenmeister.

Die Jahre hielten viel für Burgi bereit und manchmal konnte sie das Gelernte verwenden, nur meist gingen ihr gerade in Krisensituationen die Kenntnisse ab, die sie partout nicht mehr erlernen hatte wollen.

Sie wünschte sich ab und an, Abendrot wiedersehen zu können und sich das Leben zu erleichtern.

Sie verzauberte viele Menschen und brauchte viel Kraft, um sich wieder von ihnen zu lösen. Die tausend Bilder der ersten Nacht verfolgten sie und ließen sie zwischen Freunden und Feinden, zwischen Gut und Böse, zwischen Gestern und Morgen, zwischen erlaubt und verboten hin- und hergerissen sein.

Sie schenkte zwei Kindern das Leben und bemerkte daß das nicht nur ein Geschenk, sondern auch eine Forderung an sie selbst war. Sie fürchtete sich zuerst vor ihrem 30er und später noch mehr vor ihrem 40er. Wie hatte Sibula das gemacht, immer gleich jung zu bleiben? Und Rapazant, was war aus ihm geworden? Leben, lachen, lieben, warum nur war es so kompliziert? Noch vor ihrem 40. Geburtstag passierte dann etwas Erstaunliches.

Sie begegnete Rapazant!

Der Mann sah anders aus, doch sie erkannte ihn sofort.

Er reichte ihr die Hand und verbrachte mit ihr eine wunderbare Zeit. Er verzauberte sie und ließ sie leicht werden und schweben.

Er half ihr, ihr Leben anders zu betrachten. Er lehrte sie, sich selbst zu lieben. Er bereitete ihr Trauer und Schmerz.

Kurz nach ihrem 40. Geburtstag starb der Mann. Rapazant kehrte in die Hexenwelt zurück. Er hatte seine Mission vollendet, Walpurga in kurzer Zeit all das erfahren zu lassen, was sie in der Hexenschule noch lernen hätte müssen.

Heute ist Burgi fähig, ihre besonderen Fähigkeiten heilend und eigenverantwortlich einzusetzen.

Die dunklen Bilder lösen sich mehr und mehr auf.

Das Leben wird gelebt, Demut und Achtung geübt. Entwicklungen und Leid werden zugelassen.

Sie legt Karten, ist Astrologin, mischt Kräuter, legt Runen und verwendet ihre heilenden Hände, um Gutes zu tun.

Gewidmet Burgi   April 1998

Danke dir

Manche reden und stülpen ihre Ansichten über mich drüber.

Manche schicken eine Erwartung über den Tisch.

Manche stellen sich dar und nehmen mir die Atemluft.

Manche wollen sich schlicht unterhalten lassen.

Manche brauchen sehr viel Bewunderung.

Andere wiederum schmücken sich mit mir als Gegenüber.

Oder verstecken sich feig hinter Fakten, sobald es um
Gefühle geht.

Du bist anders. Bist einfach du und gibst Raum.

Lässt die Unterschiedlichkeit zu

Schaffst Gemeinsames

Lächelst.

Gestern für mich.

Danke dir!

Acht Gläser

„Shit, shit, shit" schoss es durch seinen Kopf, als der Arzt ihm sagte: „Sie werden nicht mehr lange zu leben haben. Leider. Die Krankheit, die wir diagnostizierten ist unheilbar. Leider." Doch er ließ es sich nicht anmerken und blieb cool. Innerlich stiegen ihm die Tränen hoch und er kämpfte mit der Atemluft. „Shit, shit, shit." Er wollte sich nicht dem Schicksal beugen, sondern die Regie in einem Leben behalten. Das Krankenhausbett wirkte kühl, der Pfleger Michael wie ein Engel, der ihm mit seinem Lächeln half, sich gesund zu fühlen. Solange er ruhig im Bett lag, mit den Stöpseln im Ohr und der klassischen Musik oder einem Kulturjournal lauschend, war alles gut. Doch sobald er anhub zu reden, war für alle Welt bemerkbar, dass er nicht wie früher laut und deutlich sprechen konnte. Es klang alles verschwommen, betrunken und langsam. Wie er das hasste. In seinem Beruf als Manager eines großen Konzerns konnte er nun nicht mehr arbeiten. Der Arzt hatte ihm sogar geraten, eine Erwerbsunfähigkeitspension zu beantragen. Danach war er auf das allgemeine Klo gegangen und hatte gekotzt. Er selbst widerte sich an. Jetzt mitten im Leben damit aufhören? Nein, das wollte er nicht. Er wollte kein Pflegefall werden oder im Rollstuhl sitzen. In der letzen Nacht im Krankenhaus fasste er den teuflischen Beschluss. Solange er noch bei Sinnen war und Kraft hatte, würde er sich aus dem Leben ziehen. Am Tag seiner Entlassung aus dem großen Spitalsgebäude lächelte er. Die Ärzte und Schwestern wunderten sich über die Lebenskraft des Mannes, der gerade die niederschmetternde Diagnose erhalten hatte. Nun gut, vielleicht war er besonders gut im Verdrängen. Sie konnten alle mitsamt nicht ahnen, dass er wild entschlossen war, noch ein paar gute Monate zu verbringen und dann „Adieu du schöne Welt". Seine Eltern waren bereits voraus gegangen, sie würden sich also auch nicht grämen müssen, dass der einzige Sohn mit nicht einmal sechzig Jahren aus dem Leben schied. Noch auf dem Heimweg bat er den Taxifahrer bei der Spirituosenhandlung kurz anzuhalten, wo er stets seinen Whiskey kaufte. Die junge Verkäuferin wunderte es nicht weiter, dass er drei Flaschen erstand. Mit der edlen Papiertasche bestieg er das Taxi und wollte jetzt zu der Apotheke gebracht werden, die noch viele Straßen von seiner Wohnung entfernt lag. Möglichst anonym wollte er bleiben, mit seinem Ansinnen. Der Taxifahrer tat, wie ihm geheißen und freute sich über das großzügige Trinkgeld, das der smarte Typ ihm zukommen ließ. Mit einem süßsauren Lächeln verabschiedete sich dieser. Entschlossen stieg er aus und ging festen Schrittes auf die Apotheke zu. Drinnen wartete er, bis der alte Apotheker für ihn Zeit fand. Ihn bat er um ein diskretes Gespräch. Der Pharmazeut wies ihn an, mit ihm in den hinteren Teil des Geschäftslokales zu kommen. Christopher folgte, was sonst so gar nicht seine Art war. Der Pharmazeut bat ihn Platz zu nehmen, setzte sich vis a vis und stützte seinen Kopf auf seine Hände. „Wollen Sie das wirklich tun? Und Sie glauben, ich könnte Ihnen dabei eine Hilfe sein?" In Christopher regte sich eine Ungeduld. „Wissen Sie, wir sind doch der Gesundung verpflichtet. Also, ich weiß, nicht ob…" Christopher schmetterte seine Faust auf den Tisch. „Verdammt noch mal, wer kann mir denn helfen?" „Nun ja…" Der Pharmazeut fuhr sich durch die Haare. „Also es gibt da schon Adressen im Internet oder auch in der Innenstadt. Doch, wollen Sie es sich nicht nochmals überlegen?" Christopher stand abrupt auf. „Nun gut, wollen Sie mir weiter helfen, dann rücken Sie mit einer dieser Adressen raus. Oder eben nicht. Ich bin müde und muss ins Bett." Schon drehte er sich der Tür zu, da vernahm er hinter sich die Stimme des Apothekers. „Also, wen ich Ihnen wirklich empfehlen kann, das ist…" Dann kamen ein Name und eine Telefonnummer. Christopher notierte sich die Daten schnell und verließ grußlos den Raum. In seinem Kopf blitzten die Gedanken wild durcheinander und waren durchaus gegensätzlicher Natur. Die einen sagten „Mach dir keinen Kopf! Beantrage die vom Arzt empfohlene Pension und hau auf den Putz, solange es geht!" Die anderen entgegneten „So hat das Leben keinen Sinn, du wirst von Tag zu Tag schwächer, stirbst auf Raten. So ein herrlicher Mann wie du. Sei mutig und setz dem lieber früher ein Ende." Und dann waren da noch die schlimmsten von allen, die laut pochten „Das soll es jetzt also gewesen sein? Verdammt noch mal!" Christopher ging ins nächstbeste Wirtshaus und bestellte ein großes Bier. Dann noch eines. Und schließlich ein drittes. Für jeden Gemütszustand in seinem Kopf eines. Schließlich bat er die Kellnerin, ihm ein Taxi zu rufen. Wenig später saß er auf der Rückbank des großen Mercedes und sah die Straßen an sich vorbeiziehen. Wie bedeutungslos alles geworden war. Wie schrill die Menschen auf ihn wirkten und wie wenig ihn manche Schicksale berührten, die aus dem Radio vermeldet wurden. „Können Sie vielleicht auf einen Jazzsender schalten? Ich kann dieses Elend der Welt nicht mehr ertragen!" Der Fahrer drückte einen Knopf und schon war Christophers Wunsch erfüllt. Vielleicht war genau diese Krankheit bei ihm vorbeigekommen, weil er eben die Welt nicht mehr ertragen konnte? Moment, die Welt vielleicht nicht, doch da waren ja auch noch seine Frau und Kinder. Als er an sie denken musste, schossen ihm die Tränen in die Augen, er schluchzte laut auf. Der türkische Taxifahrer drehte sich nach ihm um und streckte ihm wortlos die Taschentuchbox entgegen, bevor er sich wieder dem Straßenverkehr zuwandte. Die Jazzmusik aus dem Autoradio beruhigte Christopher leicht. Er schnäuzte sich lautstark und räusperte sich. Der Fahrer kannte dieses Verhalten, wobei es meistens weibliche Fahrgäste waren, die nach dem Räuspern nach einer Erklärung suchten. Deswegen sagte er schnell und eindringlich „Das ist Ihr Ding. Keine Ursache und bitte keine Vorträge." Christopher lehnte sich wieder in den Sitz zurück. Was ihm in anderem Zusammenhang vielleicht unhöflich oder grob erschienen wäre, erleichterte ihn jetzt. Wie recht der Mann doch hatte. Es war sein Ding. Und er würde einen Weg finden, seiner Familie zu entgehen. Sie sollten glauben, ein natürlicher Tod hätte ihn frühzeitig ereilt. Das würde zwar im Moment der Nachricht schockierender sein, doch es würde ihnen das jahrelange Beobachten und Aushalten seines Zerfalles ersparen. Er räusperte sich abermals und nickte sich selbst innerlich zu. Heute Abend sollte alles so sein wie immer. Er kam von dieser Geschäftsreise zurück, die so erfolgreich gewesen war, dass sie den Abschluss feiern mussten, wo natürlich getrunken wurde. Seine Frau konnte das ab und an verstehen. In seiner Branche passierte das. Seinen Arzttermin und den folgenden Krankenhausaufenthalt hatte er wohlweislich allen verschwiegen. Der Firma sowieso, die Kollegen wähnten in auf Urlaub, von wo er ab und an Mails beantworten konnte. Doch auch seiner Familie, ja nicht einmal seiner Frau hatte er ein Sterbenswörtchen gesagt. „Sterbenswörtchen!" Ironie des Schicksals. Er war ein Held der Zeit. Intelligent, gutaussehend, erfolgreich. Ein liebevoller Vater und ein attraktiver Partner. Sie lebten ein feines Leben. Diese Diagnose durfte das Bild nicht zerstören, das sie sich unter großer Kraftanstrengung gemalt hatten. Da lieber von der Bildfläche verschwinden, nicht langsam verblassen. Als er den Chauffeur bezahlte fasste er den fixen Entschluss. Das ist mein Ding und ich löse es wie ein Mann. Er atmete tief durch und hievte sich aus dem Taxi. Der Fahrer händigte ihm seinen Koffer aus und nickte ihm aufmunternd zu. Welch teuflischen Plan Christopher gefasst hatte, konnte er schließlich nicht ahnen. Christopher richtete sich auf und atmete abermals tief durch. Dann bewegte er sich mit langsamen Schritten auf die Haustür zu. Es war noch nicht spät, deswegen beschloss er zu läuten, anstatt den Schlüssel herauszusuchen. Die vornübergebeugte Haltung könnte sich fatal auswirken. „Papa, Papa!" Sein kleiner blonder Engel kam als erste zur Tür gelaufen und jetzt konnte er nicht umhin, sich ein wenig zu bücken und sie zu umarmen. Er bemerkte, dass es ihm schwer fiel. Seine Frau rief ein kurzes „Hallo" aus der Küche, „ich komme gleich." Er strich sich den Anzug zu Recht. „Das war ein Tamtam, bitte verzeih die Verspätung." Tamtam war ihr Codewort für „Liebling, ich bin heute nicht mehr allzu belastbar, bitte versteh." Sie hatte sich ohnehin schon auf einen Abend ohne ihn eingestellt und sagte daher lauter als sonst, damit es die beiden Kinder auch hören konnten. „Alles klar, komm erst mal rein und setz dich, wir sind ohnehin diesen Abend verplant, wir werden nämlich die DVD anschauen, die Lisa zum Geburtstag bekommen hat." „Gut, danke." Er atmete auf. „Ich nehm mir etwas zu trinken und setzte mich zu euch, Hunger habe ich keinen, ich sage dir, diese Geschäftsessen." Sie glaubte ihm und bedauerte ihn, weil sie wusste, dass er lieber daheim das frisch gekochte mitaß, als stundenlang die getane Arbeit mit seinen Geschäftspartnern wieder zu kauen, wenn auch in feinen Restaurants. In Wahrheit war ihm der Appetit vergangen. Der Schock der Krankheitsdiagnose saß tief. Am liebsten hätte er sich in einer Grube vergraben und gehofft, es ginge vorbei. Oder in sein Bett gekuschelt, endlich nach dem Lärm des Krankenhauszimmers und am nächsten Morgen gesundet aufwachen. Stattdessen schenkte er sich ein spritziges Bier ein und setzte sich an den Familientisch. Verdammt, in dem Moment als sein Sohn zu den Spaghetti passend, Lucio Dalla in den CDPlayer schob, stiegen Tränen in seinen Augen. Er sah sich plötzlich schon unter der Erde. Weit wenig von all den wunderschönen Erlebnissen, die sie schon gemeinsam erfahren hatten. Christopher nahm ein Taschentuch aus seiner Hosentasche und schnäuzte sich lauthals. Doch der Kloß in seinem Hals hielt sich hartnäckig. Er trank einen gierigen Schluck Bier und prompt verschluckte er sich und spuckte das Getränk auf den Tisch. „Papa, ist dir nicht gut?" Die tischdeckende Tochter hatte die Szene mit Sorge beobachtet. Die beiden anderen irritierten nur die Geräusche, die vom Esstisch in die Küche drangen. „L'Anno che verrà" – „das kommende Jahr" - durchstieß wie ein Dolch sein Herz, während er mit der Stoffserviette, die zum Glück am Tisch lag, versuchte, den Schaden wieder gut zu machen. Da kamen auch schon seine Frau und sein Sohn mit den dampfenden Tellern. Die Kleine schwieg, weil Christopher ihr ermutigend zugenickt hatte. So saßen sie rund um den Esstisch und mampften und Christopher bot sich die Gelegenheit, alle drei zu beobachten. Das gelang nicht ohne Wehmut. Zum Glück erklang jetzt „Attenti a lupo" aus dem Radio. Diese Zeilen machten ihm Mut, dass sie es schaffen würden – auch ohne ihn. Solange sie auf der Hut blieben…Seine Frau würde bestimmt wieder einen Mann finden. Ihren Job machte sie gern. Sein Sohn war bereits achtzehn und maturiert heuer mit fixen Plänen für sein Leben. Die Kleine war nicht mehr so klein, wie er sie gerne bezeichnete. Sie war soeben in die Oberstufe gekommen und fühlte sich sehr wohl in ihrer neuen Schule. Das Geld seiner Lebensversicherung sollte reichen, um die ersten Hürden zu nehmen. Sein Tod würde natürlich aussehen müssen, darauf legte er großen Wert. Jetzt bahnten sich die Tränen gnadenlos ihren Weg. Jetzt half nur noch lügen. „Sagt mal, wie viel Knoblauch ist denn heute in dem Sugo?" Alle drei sahen ihn verständnislos an. Das Sugo schmeckte wie immer. Wie immer gut. Nur seine Frau bemerkte die Schwindelei und strich mit ihrer Hand über seinen Kopf. „Vielleicht ist es auch der Blumenstrauß. Den hat Sieglinde vorbeigebracht. Als Dankeschön, weil du ihr letzte Woche beim Tragen des schweren Schrankes geholfen hast. Sie weiß ja nicht, dass du allergisch auf

Sonnenblumen reagierst." Der tiefe Blick in seine Augen verriet ihm, dass sie ihm aus der Patsche half. Später würde er sich der Fragen stellen müssen, was ihn dermaßen aus dem Konzept gebracht hatte. Auf dieser Reise oder danach. „Ja, die Sonnenblumen, genau." Wieder schnäuzte er sich und trocknete sich die Wangen. Wie sollte er ihr diese Krankheit erklären? Wie verhindern, dass seine Scheißangst sie auf sie übertrug. Wie erklären, dass er nicht bleiben würde wollen. Nicht so. Christopher seufzte tief und lehnte sich zurück. Er lauschte den Erzählungen seiner drei Lieben und erfreute sich an dem Bild. Alles war gut und alles würde gut bleiben. So wichtig war er wahrscheinlich nicht auf dieser Welt. Es würde auch ohne ihn weitergehen. Ganz bestimmt. In seinem Kopf legte sich der Schalter zur Vorbereitung seiner Tat um. Sich verabschieden ohne, dass sie es bemerkten. Sie auf Urlaub schicken und nachkommen wollen. Doch dann…"Papa, bist du auch einverstanden, dass wir die DVD schauen?" Seine Tochter hatte wohl schon einmal vorher gefragt. „Ja, klar. Ich schau ein bisschen mit und dann vertschüsse ich mich ins Bad und dann gehe ich lesen." „Ok." Sein Sohn grinste ihn an. Das bedeutete: Wir wissen, dass du nach der Dusche direkt einschlafen wirst, Vater. Alle waren zufrieden. Bis auf Christophers Frau. Sie vertagte die Frage auf das Frühstück. Es war Wochenende, die beiden Kinder würden länger schlafen und dann konnte ihr Christopher nicht mehr entkommen. Denn sie fühlte es doch. Da war etwas ganz anders als sonst. Christopher hielt nicht lange vor dem Fernseher durch, er legte seinen Kopf zurück und begann zu sabbern. Sein Sohn schubste ihn an. „Vater, bitte geh schlafen." Er nannte ihn immer „Vater", wenn er besonders liebevoll sein wollte. Christopher stand auf, wischte sich die Spucke vom Kinn. Angewidert von sich selbst und mit der Horrorvision von einer Zukunft der Abhängigkeit verzog er das Gesicht. Die Kinder hielten es für einen Scherz und lachten. Seine Frau schaute ihn besorgt an. Genau dieser Blick war es, dem er entgehen wollte. Niemand sollte sich sorgen. Leben sollten sie. Und er? Seine Knie wurden schwach. O Gott, ging es schon los mit der Muskelschwäche oder war er einfach nur erschöpft? „Gute Nacht." Er machte einen Punkt hinter den Tag und duschte lang. Danach rubbelte er sich fast grob ab. Wurde dieser Albtraum Wirklichkeit? Die Müdigkeit rettete ihn. Er schlief sofort ein, nachdem er sich in die Waagrechte begeben hatte. Traumlos verging die Nacht. Christopher schlief unruhig, wälzte sich hin und her. Sein Unterbewusstsein entwickelte den Plan weiter den er gefasst hatte. Am nächsten Morgen stand er zeitig auf und holte frisches Gebäck. Die kühle Morgenluft tat ihm gut. Als er wieder daheim ankam, stand seine Frau in der Küche und machte Tee. Sie zelebrierten das samstägliche Frühstück. Wenig später bog sich der Tisch und die beiden setzten sich einander gegenüber hin. Bevor sie noch fragen konnte, begann Christopher zu reden: „Also, meine liebe Martina, es ist so. Ich war nicht nur auf Geschäftsreise. Ich war auch beim Arzt." Seine Stimme begann zu zittern, denn da war er wieder, der besorgte Blick. „Und?" fragte sie ihn mit gequältem Gesichtsausdruck. „Also, ich soll mich ein wenig schonen, mein Herz ist nicht mehr so fit, wie es sich für mein Alter eigentlich gehörte." Er wurde nicht einmal rot dabei, die Lüge kam wie geschmiert über seine Lippen.

„Was bedeutet das genau?" Martina war eine kluge Frau, sie gab sich mit Halbheiten nicht zufrieden. „Also" Zum dritten Mal „also", nur daran hätte jemand bemerken können, dass er die Gedanken erst zusammenstoppeln musste, die er gleich überzeugend vortragen würde. „Also, im Grunde ist es ganz einfach. Ich werde mich für die Weihnachtsferien beurlauben lassen. Jetzt geht es noch nicht. Es ist zu viel los. Doch ab Anfang Dezember werde ich vier Wochen Urlaub nehmen und auf meine Gesundheit schauen. Vielleicht bekommst du auch ein paar Tage frei, dann könnten wir uns eine feine Zeit machen." Martina blickte ihn jetzt mit erstaunten Augen an. Das kannte sie von Christopher nicht, dass er von sich aus eine Pause oder gar Urlaub vorschlug. Also, war es jetzt an ihr, also zu sagen. „Also wenn das so ist, dann bin ich natürlich dafür. Was mich betrifft, ich werde die Ferien frei nehmen, vorher wird es eher nur stundenweise klappen." „Ja, die Ferien, gut! Dann fahren wir wieder nach Salzburg Schi fahren. Alle vier. Das machen wir. Kannst du schon mal anfragen? Du weißt doch, die sind immer schon im Herbst ausgebucht." Und schon hatte er die Ausnahmesituation zu einer bekannten, alltäglichen umgewandelt. Christopher richtete sich auf. „So machen wir das." Die Monate vergingen schnell. Christopher arbeitete. Er bemerkte, wie das Schlucken schwieriger wurde und sein linker Arm manchmal seltsam schlapp an seinem Körper hing. Das Knicken der Knie kam immer wieder vor, doch im Großen und Ganzen konnte er unbemerkt die ihm verschriebenen Tabletten einnehmen und sein Leben leben. Manchmal versagte seine Stimme oder er artikulierte seltsam. Doch dann entschuldigte er sich und verwies auf eine kürzlich überstandene ZahnOP. Die Familie bemerkte, dass er die Dinge langsamer machte. Bewusster aß und weniger noch dazu. Doch die Argumentation, er müsse sich schonen und hätte kurz vor Weihnachten eine neuerliche Untersuchung, begründeten das alles. Als sich der Tag der Untersuchung näherte, musste Christopher abermals lügen. „Stellt euch vor, der Termin wurde verschoben. Ich möchte aber auf jeden Fall noch vor dem Ski Urlaub Bescheid wissen. Also – da war es wieder – die können mich doch nicht ins Neue Jahr vertrösten! Die Feiertage fielen günstig. Die Familie hatte von 22. an gebucht. Der urgierte Termin in Christophers Kalender würde einen Tag später stattfinden. Er käme dann mit dem Zug nach, um am Heiligen Abend da zu sein. Die Familie stimmte zu. Schließlich war ihnen die Gesundheit Christophers wichtig. So stand seinem teuflischen Plan nichts mehr im Wege. Am Tag vor Weihnachten war es bei Ihnen üblich, dass die Putzfrau vorbeikam und noch einmal alles sauber machte. Diana würde ihn also finden. Jetzt brauchte er nur noch das Gift abzuholen, das in Verbindung mit Alkohol seinen sicheren Tod bedeutete. Fast beschwingt machte er sich auf den Weg in die Spelunke, die ihm der Mann am Telefon genannt hatte. Was sollte ihn jetzt noch erschüttern? Er steckte das Briefchen ein und verwahrte es sicher in seiner Sakkoinnentasche. Danach kehrte er heim und half beim Packen des Autos. Die Umarmungen fielen ein Stück länger aus als sonst. Und er sagte jedem seiner Lieben einen salbungsvollen Satz. Doch denen fiel das nicht auf. Sie dachten, Christopher wäre nun mal sentimental geworden, seit er doch nicht unverletzbar war. Selbst

Martina fühlte eher seine Wärme in den Worten, denn endgültigen Abschied. Alles lief glatt. Nachdem sie abgefahren waren, schenkte sich Christopher ein Glas Whiskey ein und trank es in einem Zug aus. Jetzt brach alles aus ihm heraus. Er fluchte, er weinte, er schrie, er schlug mit der Faust auf den Tisch, er stampfte durch die Wohnung, er raufte sich die Haare, er duschte lang, doch das half alles nichts. Seine Hände zitterten als er die acht Gläser bereit stellte. Jedes von ihnen befüllte er mit Whiskey. Dann nahm er das Briefchen aus dem Sakko und leerte dessen Inhalt in eines der Gläser. Jetzt brauchte er nur noch die Gläser gleich den Hütchenspielern zu verschieben. Und weil er schummrig vom ersten, überstürzt getrunken Glas war, spielte er tatsächlich mit den Gläsern und wusste am Ende nicht mehr, welches das Gift beinhaltete. Stolz war auf sich. Gut hatte er das gemacht. Jetzt noch eine Opernplatte aufgelegt und dann Adieu du Leben. Christopher war wie gesagt ein erfolgreicher Manager gewesen. Er konnte sich und Situationen inszenieren und das sollte die Krönung sein. Mit jedem Glas wurde er trauriger und klarerweise betrunkener. Die Szenerie bekam einen unwirklichen Touch. Nach dem siebten Glas brach er in sich zusammen. In seinem Kopf schwirrte ein – jetzt ist es vollbracht - er kippte nach vorne auf den Tisch und rutschte auf den Teppich. Verkrümmt landete er weich. Er drehte sich auf den Rücken, bereit zu sterben. Danach war alles still. Die Opernmusik verstummte. Christopher lag leblos auf dem Boden. Am nächsten Morgen sperrte Diana die Türe auf. Sie war es gewohnt, an diesem Tag außertourlich hierher zu kommen, damit die Familie, wenn sie aus dem

Weihnachtsurlaub zurück kam eine blitzblanke Stube vorfand, oder aber, wenn die Feiertage anders fielen, in ihrem schmucken Heim die Heilige Nacht begehen konnten. Diana ging durch das Vorzimmer in die Küche. Seltsam, eine Whiskeyflasche stand auf der Bar. Leer. Dabei roch es im ganzen Raum stark nach diesem Getränk. Sie ging zuerst in den Keller, um die Putzutensilien zu holen. Erst dann schritt sie zur Terrassentür, um diese zu öffnen. Im Augenwinkel sah sie den Couchtisch mit den acht Gläsern. „Seltsam" sagte sie zu sich selbst. Gleich darauf entfuhr ihr ein Schrei „Herr Dr. Schaller, oh mein Gott!" Sie rannte ins Vorzimmer zurück, holte hektisch ihr Telefon aus der Tasche und rief bei der Rettung an. Erst dann räumte sie die Gläser vom Tisch. Sieben leere und ein volles. Sie roch an der goldbraunen Flüssigkeit. Auf diesen Schock hatte sie sich wohl wirklich einen Schluck verdient. Gerade als sie das Glas ansetzen wollte, läutete es an der Tür. Sie stellte es wieder weg und öffnete. Der Paketdienst kannte Diana schon und ihr den Schrecken an. „Was ist denn passiert?" Doch bevor sie noch antworten konnte, fuhr der Rettungsdienst vor, enterte das Wohnzimmer, lud Dr. Schaller auf die Trage, notierte zwei Telefonnummern, die von Diana und die von Martina Schaller und fuhr mit Blaulicht von dannen. Der Paketbote verabschiedete sich wieder und Diana setzte sich auf den Hocker an der Küchenbar. Das Glas mit dem Whiskey stand immer noch dort. Wenn der Alkohol tatsächlich verantwortlich für Dr. Schallers Zusammenbruch gewesen sein sollte? Sicherheitshalber drehte sie die Kaffeemaschine auf und drückte dreimal für einen besonders starken Espresso. Den

Whiskey leerte sie weg und wusch die acht Gläser gründlich ab. Dann waltete sie ihres Amtes und ließ das Handy in ihrer Hosentasche, um das Vibrieren zu spüren, sollte gerade der Staubsauger eingeschaltet sein. Der Rettungswagen brachte Dr. Schaller schnellstmöglich in die Notaufnahme. Dort stellte sich bald heraus, dass der Patient zu wenig gegessen, zu viel getrunken und außerdem Tabletten in seiner Tasche hatte, die eindeutig auf einen Motoneuronenerkrankung schließen ließen. Offensichtlich hatte er sich deutlich übernommen und war zusammengeklappt. Bei der Durchsicht der Daten wurde klar, dass er erst im Herbst im Krankenhaus gewesen und die Diagnose A L S erhalten hatte. Deswegen ließen sie ihn einfach schlafen, nachdem sie seinen Zustand überprüft und ihn in die neurologische Station gebracht hatten. Morgen würde er dann aufwachen können und bekannte Gesichter antreffen. Der diensthabende Arzt verständigte zuerst Diana. Entwarnung. Diese wies ihn darauf hin, dass die Familie auf Urlaub sei und vielleicht nicht beunruhigt werden sollte. Der Arzt nahm diesen Hinweis auf. Vielleicht verhielt es sich gar so, dass der Patient noch nicht fähig gewesen war, seine Diagnose zu offenbaren. Oft bei einer dieser Krankheit kommen die Symptome schleichend. Viele Patienten tendieren dazu, sie vorerst zu verdrängen, sich den Folgen für Beruf und Leben zu spät zu stellen. Vielleicht war Dr. Schaller einer von denen, die erst drei Monate später realisiert haben, welch schwere Krankheit sie so plötzlich ergriffen hatte und der seinen Kummer alleine ertrinken haben wollte. Es reichte, wenn er seiner Familie selbst erklärte, was mit ihm los war. Die junge Assistenzärztin

Nora weihte er gar nicht erst ein, sie bat er stattdessen sich um Dr. Schaller zu kümmern. In dem Sinne, dass er Mut fasste, mit seiner Diagnose zu leben, denn das Leben konnte noch lange lebenswert bleiben. Es war vor allem eine Frage der Einstellung. Nora überprüfte zuerst im Internet seinen Beruf und seine Lebensumstände. In Zeiten der sozialen Netzwerke war das ein Leichtes geworden. Der Mann war Vater von zwei Kindern, das sollte ihm Grund genug sein. Sie setzte sich an sein Bett und ihr fielen seine ebenmäßigen Hände auf. Sie widerstand der Versuchung, ihre Hand auf die seine zu legen. So wie es aussah, konnte sie ihn jetzt schlafen lassen. Sie gab Pfleger Michael Bescheid und der nickte ihr schelmisch zu. „Ja, ich hole dich, sobald der wunderschöne Mann aufwacht." Nora lief rot an. Fürwahr, Dr. Schaller war genau ihr Typ, doch dafür war hier und jetzt wirklich kein Platz. Martina und die Kinder waren inzwischen gut angekommen und wähnten Christopher bei der Untersuchung. Sie bezogen die Ferienwohnung, machten sie für die paar Tage zu ihrer Bleibe und besorgten den Einkauf. Morgen Abend würde Christopher mit dem Zug kommen, da könnten sie ihm schon den selbst gebauten Schneemann zeigen und von ihren ersten Schifahrerlebnissen berichten. Auch wenn sein Sohn schon fast erwachsen geworden war, einen Schneemann hatten sie immer noch gebaut und der Schiurlaub war immer einer zum Kuschelwuscheln gewesen. Deswegen wollten sie den Vater bei seiner Ankunft mit einem feinen Essen und Mister Snow vor der Tür willkommen heißen. Christopher schlief tief und fest. Er träumte. Im Traum fühlte er sich leicht und sicher. Er sah seinen Sohn und seine Tochter auf ihn zulaufen und ihm in überschlagendem Frohsinn von ihren Erlebnissen berichten. Er fühlte die warmen Hände seiner Frau auf seinen Schultern und drehte sich zu ihr um. Er saß im Rollstuhl, doch er strahlte. Sein Sohn hielt ihm seine Hände hin und er umfasste sie und konnte aufstehen. Mit kleinen Schritten auf den jungen Mann gestützt schaffte er es bis ins Haus. Drinnen war umgebaut worden, doch sein Zuhause hatte nichts an Gemütlichkeit verloren. Die Sonne schien durch die südseitige Terrassentür und es duftete nach dem herrlichen Guglhupf, den seine Tochter so gut machen konnte. Erschöpft ließ er sich auf den Fauteil sinken und bemerkte, dass daneben ein Ständer mit einem Haken stand. Martina kam auf ihn zu und hängte ein Säckchen auf diesen Haken. Danach knöpfte sie ihm wie selbstverständlich das Hemd auf. Dabei fiel sein Blick auf seine eigenen Hände, sie waren ein wenig verkrampft und verkrüppelt. Komisch, das war ihm gar nicht aufgefallen, als er sie seinem Sohn entgegengestreckt hatte. Es tat auch gar nicht weh, doch sie machten ihn ungeschickt. Zumindest zu ungeschickt für die Hemdknöpfe. Martina steckte den Schlauch, der aus dem Säckchen kam, in die Sonde in seinem Körper. Danach schmeckte er den herrlichen Geschmack von Guglhupf und Kaffee, und er sah die Herrlichkeiten vor sich auf dem Tisch stehen, weil die anderen sie aßen. Danach koppelte ihn sein Sohn wieder ab und stellte ein Glas Wein vor ihm auf den Tisch. In einem Henkelglas, das konnte er noch halten. Sie prosteten einander zu. Die Kleine mit Saft, die anderen mit dem Grünen Veltliner aus der Steiermark, der seit Jahren zu seiner Lieblingssorte zählte. Die Stimmung war friedlich. Anschließend spielte es einen Film im Fernsehen, über den sie alle herzlich lachen mussten. Im Vorraum des Krankenzimmers wurde tatsächlich gerade laut gelacht. Christopher wachte langsam auf. Bei seiner Bewegung meldete das Babyfon im Schwesternzimmer Geräusche. Nora stand auf und ging zu Dr. Schaller. Christopher streckte sich und befühlte seine Arme und Beine. Er blickte auf seine Hände, die noch makellos waren und staunte. Nora stellte sich an sein Bettende und fragte unschuldig: „Haben Sie gut geschlafen, Dr. Schaller? Sie waren total erschöpft als sie eingeliefert wurden." Nett gesagt, dachte Christopher, volllaufen hatte er sich lassen und tatsächlich geglaubt, das sei das Ende vom Lied. „Nunja, Sie brauchen es nicht so dezent ausdrücken. Ich habe meinen Kummer ertränken wollen." Den Rest seines Vorhabens verschwieg er zur Sicherheit. Denn in ihm war während des Traumes die Sehnsucht nach seinen Lieben erwacht. Und wenn er jetzt mit Suizidgedanken käme, ließen die ihn hier sicher nicht raus. Also verbannte er diese Gedanken für lange Zeit in ein Verlies und setzte fort. „Doch ich denke, jetzt geht es wieder. Ich danke Ihnen, dass Sie mich versorgt haben. Diana?" „Ja, Ihre Putzfrau hat sofort die Rettung angerufen. Sie dachte wohl, Sie wären…" Auch Nora zog es vor zu schweigen. „Also wir messen jetzt noch den Blutdruck und die Temperatur. Dann, wenn Sie wollen, können Sie gehen. Ich glaube, Ihre Familie wartet schon auf Sie – oder? Ihre Putzfrau hat uns das verraten." Wieder lief sie ein wenig rot an, als Christopher sie strahlend anlächelte. „Ja, die Lieben. Es ist höchste Zeit für mich." Er stand aus dem Bett auf und umarmte sie. Seine Beine waren immer noch stark. „Danke!" sagte er laut und deutlich und ließ die junge

Ärztin wieder los. Der Rest waren Formalitäten. Als der Oberarzt vorbei kam, um die Entlassung zu bestätigen, zwinkerte er Christopher zu. „Sie werden sehen. Alles geht. Nur Mut. Und …Sie wissen ja, wo wir zu finden sind." Bei diesen Worten steckte ihm der Oberarzt einen hölzernen Stern zu, auf dem die Nummer der Klinik auf der Rückseite stand. Die Vorderseite zierte ein kleinerer, funkelnder Stern aus Metall. Christopher nahm den Stern in seine Hand und nickte zustimmend. Er spürte Tränen in sich aufsteigen. Es würde noch ein weiter Weg sein bis er mit der Krankheit leben würde können. Doch den ersten Schritt tat er jetzt. In Richtung Weihnachtsferien mit seiner Familie. Mit dem guten Stern, der ihn ab nun begleiten sollte. Auch im übertragenen Sinne…

Nebenan

Nebenan am großen Tisch vielleicht eine Geburtstagsfeier. Viele Gäste bringen Champagner. Einfallslos oder vom Gastgeber gar so gewünscht?

Aus welchem Grund steht dann der Sekt auf dem Tisch? Der übrigens so gar nicht zu den Schinkenbroten mit Kren und den Käsebroten mit Schnittlauch passt. Doch lieber ein frischer, junger Wein…

Gut, der Jubilar wird geschätzte Vierzig. Vielleicht feiert er auch seine Promotion. Die belauschten Gespräche sind jedenfalls akademisch, die Frau an seiner Seite eine herzliche. Vielleicht schwanger, vielleicht auch einfach eine mollige welche, an deren Busen er seine strenge Erziehung vergessen kann.

Ich bin hier verabredet, doch je länger ich warte, desto gleichgültiger wird mir, ob mein erwartetes Gegenüber auch kommt. Der weiße Gespritzte auf meinem Tisch leistet mir ausgezeichnet Gesellschaft. Ich kritzle eifrig in mein Notizbuch, was ich so aufschnappe. Es geht um Gutachten, Baustellen, Statiker und manchmal dazwischen ein schräges Lachen. Dann kommt eine Dame im herrlich roten Mantel, der zu ihren schwarzen Haaren wunderbar kontrastiert. Sie bringt keinen Champagner mit, sondern ein Paket, dessen Inhalt ein Buch vermuten lässt. Leider in fürchterlich konservativem Geschenkpapier. Dafür sind ihre ockerfarbenen Stiefeletten keck und auch die Art ihrer Begrüßung. Dauert sie einen Augenblick länger als bei den anderen? Vielleicht. Doch diese Frau lächelt auch die anderen bereits anwesenden mit schief gelegtem Kopf an, eine Profi Begrüßerin sozusagen. Immer ein Stück zu grell lächelnd, immer eine Portion zu deutlich freundlich. Sie sitzt jetzt fast neben mir. Jetzt kommt der Anlass der Zusammenkunft zur Sprache. Ein Projekt, das sechs Jahre lang gedauert hat. Ja, das ist der würdevolle Abschluss eines Studiums. Alle sind stolz auf ihn und er freut sich von Herzen. Es ist eine erleichternde Freude und sie ist echt. Jetzt kommt der Mann, mit dem ich verabredet gewesen war. Bedeutungslos geworden. Schade.

Was mach ich

Was mach ich, wenn du heut nicht kommst?

Den Faden wieder reißen lässt

Daran denken wage ich kaum

denn ich hoffe es doch so fest

Bleib ich dann drinnen im Cafe

Und tu so, als ob das geplant?

Oder geh ich ganz schnell weg

eine Träne den Weg sich bahnt

die erste Träne dann von vielen

tausend Millionen gar

nicht, weil die Liebe dann vergangen

nein, weil die Zeit die meine war

die Zeit, die ich anders hätte nützen können

für Freies, das mich wirklich nährt

deswegen hoff ich, dass du da bist

alles andre wär verkehrt

Schön

Da war was in deinen Worten
auch in diesem Bild von dir
dem mit dem karierten Hemd
die anderen Fotos mag ich lieber
die verträumten, die sinnlichen
auf denen kann ich dich besser erkennen.

Deine Bedenken, dich auf mich einzulassen
wie gut kann ich die verstehen
Will die gar nicht zählen, die sich nicht getraut haben.
Müde macht mich das und alt.
Weiß noch die wenigen, die dem Augenblick eine
Chance gaben und das Leben ineinander zurückfließen.

Jetzt

Jetzt, wo ich begonnen hatte, dich zu lieben
Hab ich dich um eine Pause gebeten

Nicht, weil ich dich nicht mehr sehen will
Sondern, weil es vielleicht eines Tages

wunderbar und unerwartet
dazu kommt, dass wir uns lieben dürfen

und die anderen auch ihrer Wege gehen

Das Geheimnis der Farben

Der Autobus setzte sich langsam wieder in Bewegung. Es stank nach abgestandener Luft und Abgasen. Irgendetwas funktionierte mit der Klimaanlage wohl wieder nicht. Ruth verfluchte sich an Tagen wie solchen, dass sie nicht mehr mit dem eigenen Auto in die Arbeit fuhr. Eines Tages hatte sie sich dafür entschieden, die öffentlichen Verkehrsmittel zu nehmen und ihr altes Auto verkauft. Seit nunmehr acht Monaten ließ sie sich von dem unrasierten, übergewichtigen Chauffeur nach Hause bringen. Der Mann, der sie morgens in ihr Kosmetikinstitut brachte war die bessere Alternative. Er war stets gut rasiert und hatte strahlende hellblaue Augen. Den Mund öffnete er stets für ein freundliches „Guten Morgen". Viel mehr schien auch nicht möglich zu sein. Machte ihr aber nichts. Früh morgens hatte sie gerne ihre Ruhe. Sie wandte ihren Blick zum Fenster hinaus. Sie hatte sich die öffentlichen Verkehrsmittel selbst verkaufen müssen. Es hieß früher aufstehen, sich an die Fahrpläne halten und nachts noch ein ganzes Stück bis zur sicheren Haustüre gehen. Gut, dem Teenageralter war sie längst entwachsen und sie zählte auch bestimmt nicht zur Gruppe der Opfer. Dennoch beschlich sie an manchen Abenden das unbestimmte Gefühl, sie mache etwas falsch. War zu ängstlich oder gar zu alt geworden für ihre Umgebung und die Art und Weise, wie die „anderen" lebten. Dieses Gefühl entstand während der Busfahrt und hielt sich bis lange in ihren Alltag oder die Allnacht hinein. Und es war eines von vielen Gefühlen, das sich seit ihrem Autounfall in ihre sonst so rationale Welt mischte. Dieser Unfall hatte sie ziemlich durchgerüttelt.

Es war ein wunderschöner Sommertag gewesen und sie hatte ihre Mutter für eine Landpartie abgeholt. Ein Stück nur über die Stadtautobahn und bald schon hinaus in die grüne Vorstadtoase des Wienerwaldes. Sie plauderten fröhlich und ließen den

Herrgott einen guten Mann sein. Zumindest glaubten sie das. Denn schon bald würde dieser Herrgott alle Hände voll zu tun bekommen. Oder wusste er längst, was sich nun ereignen würde? Allzu viel Gedanken machte sie sich darüber lieber nicht. Sie endeten stets in der ihr so verhassten Indifferenz von Gefühlen. Die Mutter erzählte eben von der Nachbarin und deren neuem Sofa, das Reden plätscherte vor sich hin und Ruth sagte nur ab und an „ja" oder „mhm". Sie näherten sich der Baustelle über die eine behelfsmäßige Fahrbahn gezogen war. Wie eine Brücke. Genau als sie an der obersten Kante angekommen war und der Wagen wieder bergab fuhr, streikte ihr Gehirn. Sie konnte sich nicht mehr bewegen und nichts mehr sagen. Das Auto raste mit viel zu hoher Geschwindigkeit die Fahrbahn hinunter. Jetzt erst registrierte die vor sich hin plaudernde Mutter, dass ihre Tochter ein Problem hatte. Ein lebensbedrohliches Problem. Sie griff der Tochter ins Lenkrad und riss die Handbremse in die Höhe. Sie hatte selbst keinen Führerschein, doch war sie lange mit dem Kindesvater mitgefahren und der hatte sie irgendwann auf diese Notmaßnahme hingewiesen. Er war irgendwann an von ihr weggegangen. Einfach so zu einer anderen Frau. Der Wagen geriet ins Schleudern und blieb schließlich stehen. Das Lenkmanöver hatte sie an den Fahrbahnrand gebracht, die nachfolgenden Fahrzeuge mussten trotzdem ausweichen. Das Heck stand auf die erste Spur hinaus. Ruth erwachte ebenso plötzlich aus der Starre wie sie in diese verfallen war. Ein Mann öffnete ihre Türe und sie blickte in ein überaus besorgtes Gesicht, das sie nicht zuordnen konnte. „Ist alles in Ordnung?" fragte der Mund der in ihrer Augenhöhe lag. Sie blickte Hilfe suchend zu ihrer Mutter. Kreidebleich saß diese auf dem Beifahrersitz und hob zu einer Erklärung an. Der hilfsbereite Mann kam ihr zuvor. „Sie sind plötzlich losgerast und dann von der Fahrbahn gedriftet – haben Sie etwas getrunken?"

Nur seine seriöse Erscheinung und der unaufdringliche Geruch des Rasierwassers ließen sie sich beherrschen. „Etwas getrunken" was maßte er sich an? Sie trank niemals wenn eine Autofahrt anstand. Aus Prinzip. Erst langsam nahm sie wahr, dass um sie herum ein ziemlicher Tumult entstanden war. Sie drehte den Kopf leicht nach links und erschrak. Die ersten beiden Fahrspuren waren voller Autos, die nicht weiterfahren konnten. Und sie, bessergesagt, ihr Auto und das Auto des Fragers waren der Grund dafür. Schnell wandte sie sich wieder dem Mann zu, der immer noch an ihrer Türe stand und sich langsam darüber klar wurde, dass die Lenkerin wohl nichts von dem Vorfall mitbekommen hatte. Deshalb beschloss er, nun in einfachen Befehlen zu sprechen und sagte nur „bitte fahren Sie noch ein Stück an den Rand, ich bleibe noch hier". Sie tat, was er gesagt hatte und realisierte langsam, dass sie wohl einen ordentlichen Aussetzer gehabt haben musste. Er stieg in sein Auto und stellte es einige Meter hinter ihrem ab. Vor den beiden Autos parkte sich noch ein drittes ein. Ein weiterer Mann kam in ihre Richtung gelaufen. „Ich bin Arzt, kann ich Ihnen helfen?" Schon beim Stellen der Frage musterte er sie in einer diagnostischen Art und Weise, die sie noch aus ihren Ausbildungszeiten als medizinisch-technische Assistentin kannte. Der tiefe Blick in ihre Augen und dann die Frage: „Sie wissen nicht, was passiert ist, oder?" fragte er und damit bestätigte sich sein Verdacht. Mann Nummer 1 hinterließ seine Visitkarte und ein Lächeln. „Ist ja zum Glück nichts passiert, bitte passen Sie auf sich auf". Mit diesen Worten stieg er wieder in den Wagen und nickte den beiden Kindern am Rücksitz zu. „Seht ihr, helfen ist ganz einfach. Bitte merkt euch das für euer Leben. Schließlich hat auf uns doch auch gerade eben ein Schutzengel aufgepasst, wer weiß, was alles passieren hätte können". Die beiden nickten und waren stolz auf den Vater. Nun hatten sie etwas zu erzählen und außerdem versäumten sie gerade eben die erste Stunde. Eine wunderbare Ausnahme. Der Arzt bat

Ruths Mutter kurz hinten Platz zu nehmen und setzte sich neben Ruth. In Ruths Bauch begann es zu kribbeln, sie ahnte, dass nun eine Wahrheit auf sie zukam, die sie seit längerem in einen alten Befund verbannt hatte. Die Wahrheit, dass sie ab und zu solche Aussetzer hatte. Ihr Rückgrat spielte manchmal einfach nicht mehr mit und entzog sie allem, was rundum vermeintlich wichtig war.

In diesen Augenblicken befand sie sich auf einem Weg zwischen Himmel und Erde und hatte diese Erkenntnis bis jetzt in eine dunkle Kammer verbannt, anstatt ihr endlich den Blick ins Freie zu ermöglichen. Auch diesmal ließ sie es dabei bewenden. Die Gesundheitszeitschriften in ihrer Praxis waren schließlich voll davon und ab und an ließ sich darüber auch in den Managermagazinen lesen. Es lag wohl an der schlechten Haltung, am Stress, am Beruf. Missachtend war sie bislang darüber hinweggegangen und all den Fitnessgurus und Wellnesshotel die pure Gewinnsucht unterstellt. Sie selbst war immer für die schönen Gesichter zuständig gewesen. Und für die gepflegten Pfoten ihrer Kundinnen. Es kamen auch Männer zur Maniküre und ab und an wagte einer die Frage nach einem Rendezvous. Manch einer verwegen und direkt, manch anderer über Umwege. Ihre Antwort war immer die gleiche. Danke. Nein danke. Sie wollte nicht in Beziehungen verwickelt werden. Ihr Leben war kompliziert genug durch ihre neue Selbständigkeit, den Aufbau des Kundenkreises, den neuen Standort in der teuren Fußgängerzone. Kein Ausrutscher würde ihr verziehen werden und erst recht konnte sie keine hysterisch-eifersüchtige Ehefrau in ihrem Institut dulden. Zumindest keine, deren Hassobjekt sie selbst war. Der Arzt blickte sie lange und fragend an. Es schien ihm, als hätte sie nicht zugehört. „Haben Sie mich verstanden? Hören Sie mich überhaupt?" Seine Stimme klang lauter und eindeutiger als zuvor und Ruth erschrak. Sie schüttelte sich kurz und ein Seufzer kam über ihre Lippen. „Verzeihen Sie" der Arzt kehrte zur gewohnten Professionalität zurück. Er erkannte die Lage und ihm gefiel diese Frau. Das passte nicht zusammen und machte ihn innerlich nervös. „Wissen Sie was, wir treffen uns ein andermal, um darüber zu reden, jetzt schaffen wir Sie und Ihr Fahrzeug von hier weg. Sie können das letzte Stück fahren, oder?" Aus seinem Mund klang „das letzte Stück" nach dem letzten Stück, das sie ein Fahrzeug jemals lenken würde. Ruth nickte. Langsam fuhr sie von der Autobahn ab, parkte den Wagen bei der nächsten Gelegenheit und schaffte zuerst die Mutter und dann sich selbst im Taxi nach Hause. Der Vorfall war ihr unheimlich und sie betäubte sich mit Wein und einem schlechten Fernsehkrimi.

Am nächsten Morgen bat sie eine Freundin, mit ihr das Auto zu holen. Schnurstracks fuhren sie zu einer Werkstatt und boten es zum Verkauf an. Der zahnlose Mechaniker lachte. Viel würde nicht mehr zu holen sein. Doch selbst er erkannte die Dringlichkeit, wenngleich er wahrscheinlich nur finanzielle Nöte vermutete. Um einige Euros reicher und um jede Menge Unsicherheit mehr sperrte sie Stunden später ihr Institut auf. Die Busverbindung würde sie im Laufe des Tages per Computer checken. Die Freundin hatte sie noch her gebracht und war dann ihrer Wege gegangen. Freundin? Ruth konnte zum Glück nicht darüber nachdenken. Die erste Kundin läutete und die chinesische Entspannungsmassage erforderte ihre ganze Konzentration. „Wie Sie das nur machen" seufzte die Kundin glücklich, nachdem eine Stunde vergangen war. „Sie scheinen genau zu wissen, nein, zu spüren, was ich gerade brauche. Wunderbar ist das, einfach wunderbar!" Ruth lächelte. Selten zuvor hörte sie solches Lob, wiewohl sie sich seit jeher anstrengte, ihre Kunden zufrieden zu stellen. Die Leichtigkeit mit der es heute gelungen war, reihte sie unter Zufall ein. Erst nach dem fünften Kunden, der ebenfalls betonte, wie wohltuend und einfühlsam sie mit ihm umgegangen war, regte sich in ihrem Kopf ein Glöckchen. Es begann leise zu läuten und schien mit jedem Schlag an ihre Schläfen zu pochen. „Wach auf, Menschenkind, wach auf". Sie nahm eine Tablette, legte sich eine halbe Stunde auf das Behandlungsbett und schalt sich eine Närrin. Beim Aufwachen war sie mehr durcheinander als zuvor. Ihr Schädel brummte und aus dem Glöckchen war ein Hammer geworden. Die Tablette hatte nur kurz gewirkt und sie nahm sich vor, eine stärkere Sorte anzuschaffen. Für heute musste es eine zweite sein, sie wollte nach Hause und druckte den Busfahrplan aus. Glücklicherweise würde in einer halben Stunde der nächste Bus in ihre Richtung fahren. Das gab ihr genug Zeit, notdürftig aufzuräumen, zuzusperren und diesen Tag der gemischten Gefühle in ihrem Institut zu beschließen. Sie freute sich beinahe auf die Busfahrt. Auf das nahezu ohnmächtige Geschaukel, ein Stück erhaben über den restlichen Autoverkehr. So ein Glück, dass sie nicht fahren musste. Es würde alles gut gehen und bald konnte sie sich zu Hause ein Bad einlassen. Ganz in Ruhe, um nachzudenken. Sie schloss die Augen und erst nach der Ansage ihrer Ausstiegstelle machte sie sie wieder auf. Wenig später, nach dem Wannenbad und einer weiteren Schmerztablette schlief sie ein. Was folgte waren Tage, die sie wie bewusstlos durchwanderte. Kunden und Kundinnen spendeten Beifall und sie hörte ihn nicht. Briefträger und Botendienste hielten ihre Hände für Trinkgeld auf und sie bemerkte es nicht. Die Sonne brannte in das Institut und längst sollte sie die Jalousien herunterlassen – sie tat es nicht. Gut, ein wenig seltsam war das schon und die eine oder der andere bemerkte die Veränderung. Doch schnell war sie abgetan mit der monatlichen Regelblutung oder einer schnell interpretierten neuen Verliebtheit. Die Umgebung zimmerte sich das neue Bild und Ruth wusste nichts davon. Sie bewegte sich in einer Art Kokon und geriet in einen watteartigen Zustand. Manchmal verschwamm die Umgebung vor ihren Augen, doch selbst das erklärte sie sich mit einer vorübergehenden Sehschwäche. Das Glöckchen im Kopf läutete beharrlich weiter und Ruth brachte es mit immer stärkeren Schmerzmitteln zum Schweigen. Bis zum nächsten Läuten. Eine Zeitlang ging das so. Bis zu diesem Donnerstag. Ruth stieg morgendlich in den Bus und setzte sich in die hinteren Reihen. Das war ungewöhnlich, doch heute Morgen war kein anderer Platz mehr frei. Es stank heute mehr als sonst und es schien auch lauter zu sein. Das Licht blendete sie und sie setzte die Sonnenbrille auf. Das Glöckchen hatte aufgehört zu läuten. Scheinbar von selbst. Die Tabletten konnte sie nicht mehr nehmen, ohne sich postwendend zu übergeben. Sie atmete ein paar Mal durch und schluckte den Ekel hinunter, der sie Stück für Stück beschlich. Ihr sonnenbebrillter Blick fiel auf den Mann schräg gegenüber. Er bohrte leidenschaftlich in der haarigen Nase und steckte den Rotz direkt in seinen Mund. Sie konnte sich nicht von ihm abwenden, obwohl sich ihr körperlicher Zustand zunehmend verschlechterte. Ein Husten von der anderen Seite des Busses lenkte sie ab. Dort saß eine Frau und kratzte sich am Kopf. Die Schuppen fielen wie Schneeflocken auf die schwarze Kostümjacke. Ruth sah alles wie unter dem Mikroskop. Sie war gefangen in einem Bus voller ungustiöser Monster. Ihr Herzschlag beschleunigte sich und ihre gepflegten Fingernägel krallten sich bis ins Fleisch ihrer Oberschenkel. Es gab kein Entrinnen, wieder versuchte sie auf eine andere Person zu schauen und wieder geschah es. Stinkende, lange Achselhaare, eingewachsene Zehennägel, abgesplitterter Nagellack, falsch verlängerte Kunstnägel, ausgedrückte, eitrige Pusteln. Ruth war nahe daran, in Ohnmacht zu fallen als der Fahrer den Bann löste. „Hören Sie schlecht? Sie steigen doch immer hier aus? Ist Ihnen nicht gut?" Wild gestikulierend stand er vor ihr. Gut rasiert und wohlriechend. Zum Glück. Er hievte sie nahezu aus dem Autobus und schüttelte den Kopf. Sie sah ja ganz nett aus, die Kleine, hoffentlich war sie nicht auf Drogen oder so. Im Rückspiegel beobachtete er sie noch wie sie die Türe ihres Institutes aufsperrte. Und zum Glück ließ ihn die nächste rote

Ampel auch sehen, wie sie die Werbetafel auf den Gehsteig stellte. Das beruhigte den Busfahrer und er setzte die Fahrt zwar mit Besorgnis jedoch gutem Gewissen fort. Ruth fühlte sich wie verkatert. Doch das konnte es nicht sein. Ihr Schädel brummte und die Gliedmaßen schienen ein Vielfaches Ihres Gewichtes zu wiegen. Seufzend setzte sie sich in ihr eigenes Wartezimmerchen und wartete. Darauf, dass sie wieder zu Atem kommen würde. Darauf, dass sie es wagte, in den Spiegel zu blicken. Darauf, dass was auch immer sie aus ihrer misslichen Lage befreien würde. Draußen fuhr der Müllwagen vorbei und erzeugte das für ihn typische Rumpeln. Ein paar Regentropfen platschten auf die Scheiben und Ruth überlegte kurz, ob sie wohl die Werbetafel wieder in das Geschäft holen sollte. Sie ließ es bleiben, ihr fehlte die Kraft aufzustehen. Es war ihr, als ob sie von einer großen Faust niedergedrückt würde. Fast im Schwindel schloss sie die Augen. Kaum hatte sich ihr Wimpernkranz verbunden, durchflutete eine Welle von Licht ihren Körper. Das Glöckchen im Kopf verwandelte sich in Gesänge, die von weit weit her anmuteten. Sie versank in einem Meer aus Farben, als Trommeln, Schellen und die Sitar einsetzten. Warm, geborgen und unendlich fühlte es sich an. Ruth schwebte und war tief in sich drinnen geborgen im großen Universum. Unsanft rüttelte sie jemand am Arm. „Schlafen Sie oder was?" Ruth schreckte auf. Ihre erste Kundin stand vor ihr und es wäre gelogen, diese als Lieblingskundin zu bezeichnen. Peinlich war das und Ruth schluckte:„Entschuldigen Sie bitte vielmals, mir war so schwindelig..."

Die Matrone, die vor ihr stand schnaufte etwas freundlicher, um dann mit einem „na hoffentlich geht es jetzt wieder…" den Behandlungsbeginn einzuläuten. Das Glöckchen war verklungen und die Geborgenheit auch. So als ob es nur ein Traum gewesen wäre.

Das Fußbad war herzurichten und das Skalpell für die Hornhaut. Und nebenher den Worten zu lauschen, die sie nicht interessierten. „Sie hätten das Wasser ja wohl schon herrichten können" keifte es um ihre Ohren. Ruth atmete tief und der Atem trug ihr einen Gedanken in ihr Gehirn: „das Skalpell". So als ob die Stimme von irgendwoher gekommen wäre, war es ihr. Sie griff wie ferngesteuert zum blitzscharfen Skalpell, entfernte die Schutzhülle und stellte sich herausfordernd vor ihre Kundin. Die Klinge konnte töten, soviel war gewiss. Die Matrone bemerkte nicht einmal, in welche Gefahr sie sich durch ihr unpassendes Gerede gebracht hatte. Sie schnaufte weiter vor sich hin und hob ihre Beine schwerfällig in das brühheiße Wasser. Auch das schien sie nicht wirklich zu spüren. Ruth war keine Mörderin, sie wusste nicht, was sie in diesem Augenblick ritt, welcher Zorn und welche Rache sie an der Frau auf ihrem Kosmetiksessel nehmen wollte. Das Skalpell entschied für sie. Beim Wegkratzen der Hornhaut rutschte es scheinbar ab und schabte eine tiefe Wunde in das neben liegende Fleisch. „Au, ja sind Sie denn völlig verrückt??" schrie die Kundin auf. „Verzeihen Sie, verzeihen Sie vielmals…." beteuerte Ruth und nahm das Desinfektionstuch aus ihrem Wagen. Das verursachte abermals Schmerz und die Matrone beschloss, nicht mehr in diesen Salon zu kommen. So einfach war das. So einfach. Nach dem Kassieren und der Verabschiedung war es für Ruth klar. Jemand half ihr, ihr Leben in den Griff zu bekommen. Sich nicht mehr als Müllkübel verwenden zu lassen. Bei diesem Gedanken fiel ihr Blick auf den Papierkorb, der seit Jahr und Tag bei ihr in der Praxis stand. Er war grau und innen schmutzig. Sie würde ihn alsbald austauschen und sich einen pinkfarbenen oder mintfarbenen hereinstellen. Vielleicht sogar einen gelben. Das Leben musste sich ändern und zwar schnell.

Die nächste Kundin war eine Studentin. Die sprach meistens nicht viel und hatte stets ein Buch dabei. Lernte für eine Prüfung oder entspannte sich zwischen den Vorlesungen. Ruth war das angenehm. Sie tat ihre Arbeit und hing ihren Gedanken nach. Immer wieder mischte sich das Glöckchen ein. So als sollte sie innehalten. Ruth überhörte es geduldig und begann schließlich über das Geburtstagsgeschenk für ihre Mutter nachzudenken. Das half. Die Studentin war zufrieden wie immer, bezahlte den und verabschiedete sich fröhlich. So wie die meisten Menschen, die aus ihrem Institut gingen. Ruth hatte so etwas Friedliches, fast Heilendes in ihrer Arbeit. Sie ließ einen mit sich selbst versöhnen und als etwas ganz besonderes empfinden. Ruth selbst hatte sich damit noch nie beschäftigt. Gut, der Beruf war schon in die Richtung gegangen, anderen Linderung und Hilfe zu verschaffen. Doch nach jeder Menge Raucherhaut und Ernährungsfehlern der dazugehörigen Frauen, die nach einer Behandlung die Haut einer eben aus der Eselsmilch entstiegenen Cleopatra begehrten, war es mit dem heilenden Gedanken für einige Jahre vorbei. Sie musste ihren Lebensunterhalt verdienen und der Mitbewerb war groß. Also machte sie es wie so viele anfangs über den Preis und später über die gute Lage des Geschäftes mitten in einem Büroviertel. Die Ehefrauen und andere Kundinnen versorgte sie mit halbdiagnostischen Aussagen über deren Problemzonen und hatte bald mit einem Hautarzt eine gegenseitige „Überweisungsstrategie" vereinbart. Gut, es war nicht das große Geld, doch ihr reichte es. An diesem Nachmittag jedoch schlich sich eine altbekannte Unzufriedenheit in ihre Gedanken. Das Hadern mit dem eigenen Schicksal und der Zorn auf diejenigen, die es schlicht besser getroffen hatten.

Ihr Spiegelbild glich dem einer verschrumpelten Weintraube. Falten zeigten sich an Stellen, die bislang verschont geblieben waren. Ihre Augen starrten durch den Spiegel hindurch und das, was von hinter dem Spiegel zurückkam, ließ sie erschaudern. Wer war diese Frau? Das Glöckchen begann wieder zu läuten. Zornig stampfte Ruth auf und warf ihren Kopf in den Nacken. Die langen Haare streichelten den nackten Teil ihres Rückens an diesem Sommertag. Doch das bemerkte sie nicht. Sie war zu aufgebracht und durcheinander. Etwas ereignete sich in ihrem Leben, mit dem sie nicht gerechnet hatte, damit kam sie schwer zurecht. Der Kontrollverlust schmerzte und die Tablette gegen das Glöckchen wirkte viel zu kurz. An diesem Tag sperrte sie das Institut früher zu als geplant. Die letzten Termine ließ sie sich meistens für die noch schnell nach Dienstschluss vorbeieilenden und sich nach Pflege sehnenden Menschen offen. Heute nicht. Mussten die sehen, wie sie ohne die liebevollen Hände Ruths zurechtkamen. Sie musste nach Hause und nachdenken. Nachdenken darüber, was sich in ihrem Leben verändert hatte, das sie so total durcheinander brachte. Das Glöckchen schwieg und Ruth redete sich ein, dass sie einfach nur überarbeitet sei. Mit einer riesengroßen Tasse Abendtee setzte sie sich in den alten Ohrensessel und schaute in die Luft. Sie nippte immer wieder an der heißen Flüssigkeit und langsam wich die Spannung aus ihrem Körper. Die Schwere ihrer Lider erinnerte sie daran zu Bett zu gehen, doch ihre Gliedmaßen rührten sich nicht von der Stelle. Ruth saß auf dem Sessel wie angeklebt und starrte in die Kerze auf dem Wohnzimmertisch. Da geschah es. Hinter ihr stand plötzlich eine Gestalt und legte ihr die Hand auf die Schulter. „Ruth", flüsterte sie. „du bist nicht allein." Ruth drehte sich um. Da war niemand. „Ich bin eine Helferin" fuhr die Stimme fort, Ruth rieb sich die Augen und drehte sich abermals um. Die Kerzenflamme zuckte und erlosch. Es musste der Rum im Tee gewesen sein. Zitternd stand sie auf und machte das große

Wohnzimmerlicht an. Die Stimme war weg und das Glöckchen in ihrem Kopf begann wie wild zu läuten. Das war ihr alles zu viel. Sie nahm eine der Schlaftabletten, die sie nur für echte Notfälle in ihrer Hausapotheke lagerte. Das war ein Notfall heute, ganz bestimmt. Die Nacht verlief ruhig und der Wecker konnte Ruth am nächsten Morgen nur mit Mühe wach bekommen. Belämmert schlug sie auf den „aus" Knopf und streckte sich lang und breit in ihrem Bett aus. Der Spuk von gestern war vorbei und sie würde in den Tag gehen wie in jeden anderen zuvor. Basta. Der Autobuschauffeur mit der Zahnlücke wunderte sich über das schnittige Auftreten der kleinen, zierlichen Kosmetikerin. Sie strahlte an diesem Morgen etwas ganz anderes aus als sonst. „wahrscheinlich guten Sex gehabt" ging durch sein Testosteron verbrämtes Hirnkastel und er grinste. Ruth fand die Zahnlücke abscheulich und das Grinsen überspannte den Bogen. Sie wünschte dem Autobusfahrer den bösesten Zahnarzt an den Hals, den sie sich ausmalen konnte und setzte sich – milde zurücklächelnd auf einen der hinteren Plätze. Sie starrte aus dem Fenster, es gab einiges zu sehen. Menschen mit fetten Hunden, hektische Mütter, die ihre Kleinstkinder in die Aufbewahrungsstätten zerrten, den einen oder anderen Jugendlichen, der auf Arbeitssuche war und diejenigen, die offensichtlich nicht mehr suchten. Die lungerten am Straßenrand. Wie in einem Film zogen sie an ihr vorbei und Ruth fühlte sich seltsam teilnahmslos an diesem Morgen. Zum Glück für all jene, die sie beobachte, doch davon ahnte sie noch nichts. Im Institut angekommen musste sie sich sputen. Die Tafel mit dem Angebot hinausstellen und den Kosmetikstuhl mit frischen, weißen Handtüchern belegen. Frische, weiße Handtücher. Dabei fiel ihr die Nacht in dem drittklassigen Hotel ein. Die Nacht, in der sie wieder einmal den Männern abgeschworen hatte. Mehrfach strich sie das Tuch glatt, als ob sie etwas wegwischen wollte, das immer noch ihre Abscheu erregte. Ruth war die letzten Jahre allein geblieben. Mit sich selbst und ihrer Arbeit. Und ab und zu einem Konzertabend oder ins Theatergehen. Im Kino war es ihr mittlerweile zu laut und alleine im Restaurant zu sitzen? Das ging nur noch beim Japaner um die Ecke. Die kannten sie dort schon und sie konnte in Ruhe ihre Zeitung lesen oder ein mitgebrachtes Buch. Manchmal tat sie das, manchmal aß und las sie auswärts – nur, um nicht ganz in ihrer Einsiedelei zu versinken. Das Lämpchen des Anrufbeantworters blinkte. Der Hautarzt! In dem Augenblick dämmerte es ihr wieder. Die gestrige Verabredung war einfach unter den Tisch gefallen. Schon bei den ersten Worten meldete sich das Glöckchen. Vielleicht sollte sie den Hautarzt einweihen oder nach einem Kopfexperten fragen. Die Nachricht klang sehr geheimnisvoll und Ruth ärgerte sich darüber. Verdammt noch einmal, konnte der Mann nicht Klartext reden. Er erzählte etwas von Energien und von Übertragungen und postoperativen Möglichkeiten. Sie würde zurückrufen. Irgendwann später. Der erste Kunde war heute ein Mann. Er kam alle paar Wochen und hielt ihr seine Hände hin. An der rechten einen dicken goldenen Ehering und an der linken eine tiefe Narbe über dem Handrücken. Stets war er gut gekleidet und seine Schuhe geputzt. Sein Rasierwasser roch gut und Ruth schloss aus alledem, dass er erfolgreich war. Er redete nicht viel, schenkte ihr ein aufmerksames Lächeln und bedankte sich mit einem guten Trinkgeld. Er schien die Unauffälligkeit des Salons zu genießen. Nach der Maniküre die Kreditkarte und die Terminvereinbarung. Das waren ihr die liebsten Kunden. Ruth verstaute das Werkzeug und nahm den Löskaffee aus der Dose. Da klingelte das Telefon. Der Hautarzt fuhr es ihr durch den Kopf. Tatsächlich – der Hautarzt. „Ruth" hob er an zu sagen und es klang ungeduldig, „Ruth, ich muss Sie sprechen". Das fehlte ihr gerade noch, vielleicht würde er ihre Vereinbarung verändern oder gar kündigen wollen.

„Was gibt es denn so Dringendes?" erwiderte sie trotzig und hoffte, ihm damit den Wind aus den Segeln zu nehmen. „Ich habe eine Idee für uns beide – eine gute, gewinnbringende Idee". Na, das klang doch schon anders in ihren Ohren. Und augenblicklich läutete das Glöckchen. So laut und deutlich wie selten zuvor. Ruth beeilte sich nach Geschäftsschluss zu dem Termin mit dem Hautarzt. Irgendetwas in ihr ließ sich äußerst aufmerksam und aufgeregt sein. Das Glöckchen war einigen Tabletten zum Opfer gefallen. Sie konnte sich dadurch nicht quälen lassen. Jetzt, wo es um etwas Gewinnbringendes ging. Gewinne konnte sie gut brauchen. Der Hautarzt verabschiedete den letzten Patienten und Ruth saß bereits wie auf Nadeln im Wartezimmer. Hoffnungsfroh startete sie in die Ordination. Er umarmte sie und gab ihr einen Kuss auf die Wange. Das war neu. Sie roch sein Rasierwasser und fand das durchaus angenehm. Komisch, vorher hatte sie ihn nie als „Mann" identifiziert, immer nur als Geschäftspartner. Auch die Ordination wirkte irgendwie anders. Waren es die Vorhänge oder hatte er nur die Möbel umgestellt? Dafür war jetzt keine Zeit, er hob sofort an zu reden und stellte ihr ein Glas Rotwein vor die Nase. „Ich trinke nicht" – hob Ruth an zu sagen, fast zeitgleich griff sie nach dem Glas. Es ging nicht mit rechten Dingen zu, doch Ruth bemerkte es nicht. Die Tabletten taten ihren Dienst. Die Manipulation besiegte den Instinkt. Der Hautarzt berichtete ihr von einer neuartigen Methode. Einem Mikrochip, den er bereits an Mäusen getestet hatte und der nun in das menschliche Versuchsstadium kommen sollte. Er suchte dafür Patienten. Allerdings sei das alles nicht ganz legal, da der Chip noch lange nicht zugelassen wäre und überdies dürften die Versuchskaninchen gar nicht erfahren, dass sie welche waren, weil sie doch sonst die Wirkung wissentlich beeinflussen würden. Ruth verstand kein Wort, der Wein vernebelte ihre Wahrnehmung und der Arzt schien das auch noch auszunutzen, indem er immer schneller und überzeugender über sein Projekt sprach. „Sie helfen mir doch, oder?" diese Frage stand am Ende des predigtartigen Vortrages. „Ja" antwortete Ruth. Viel mehr war ihr nicht mehr möglich. Sie kippte in dem Sessel nach hinten und ihre Augen fielen zu. Die Strapazen der letzten Tage forderten ihren Tribut. Sie war eingeschlafen. Der Hautarzt schob den Hocker vor den Sessel, legte Ruths Beine darauf und deckte sie mit einer bunten Wolldecke zu. Damit hatte er wohl nicht gerechnet, doch das wichtigste war, dass sie JA gesagt hatte. Sie würde sich vielleicht nicht mehr daran erinnern, doch das störte nicht weiter. Gewissenhaft wie sie war, wird sie es ihm glauben und tun, worum er sie bittet. Er machte es sich auf der Untersuchungsliege so halbwegs bequem und beschloss, die Nacht mit Ruth in der Ordination zu verbringen. Am nächsten Morgen erwachte Ruth mit einem Brummschädel. Jeder Knochen tat weh. Sie streckte sich und öffnete die Augen wie in Zeitlupe. Dabei fiel sie fast vom Sessel. Durch das Gerumpel erwachte auch Dr. Dellinger. Ruth starrte ihn fassungslos an. „Was mache ich hier?" schien ihr Blick zu sagen. Doch er antwortete geistesgegenwärtig. „Sie sind einfach eingeschlafen und ich wollte Sie nicht wecken." „Aber ich muss doch ins Institut!" Ruth raufte sich die Haare und blickte auf ihre Armbanduhr. Viel zu spät war es schon. Die ersten Kundinnen würden vor verschlossenen Türen gestanden haben. „Verdammt, warum haben Sie mich nicht geweckt?" Sie raffte ihre Sachen zusammen und huschte durch die Tür. Nur dunkel konnte sie sich an das erinnern, was sie miteinander besprochen hatten. Als sie endlich vor ihrem Institut ankam, stand da schon eine kleine Traube von Menschen. „Ja, so ein Glück, wir dachten schon…Sie sind doch sonst immer so zuverlässig!" Die Hausbesorgerin stand neben drei Kundinnen und sie hatten wohl auf sie gewartet. Ruth lief rot an und erwiderte stammelnd:"Ja, tatsächlich habe ich heute verschlafen, das ist mir die letzten zwanzig Jahre nicht passiert. Hoffentlich werde ich nicht krank." Vier Köpfe nickten mitfühlend. „Dann gehen Sie doch besser wieder nach Hause. Schließlich will sich doch niemand anstecken!" Ruth nickte. „Das ist wahrscheinlich das Beste." Dann schloss sie die Türe auf und antwortete auf die fragenden Blicke, ohne sich umzudrehen „ich rufe nur noch die anderen Kundinnen an, es ist schon schlimm genug, dass sie hier warten mussten." Die schwere Tür ging auf und fiel mit einem Krachen ins Schloss. Ruth lehnte sich schwitzend dagegen. Ihr fehlte es an Atemluft. Dann schleppte sie sich die wenigen Stufen zum Institut hinauf, sperrte die Türe auf und war froh, sich bald wieder setzen zu können. Sie durfte keinen Rotwein trinken, dass wusste sie doch schon. Verdammt noch mal. Nach den notwendigen Anrufen lehnte sie sich im Sessel zurück und schloss abermals die Augen.

Das gestrige Gespräch dämmerte ihr. Dr. Dellinger hatte etwas von einem Chakrenchip gesagt. Jedes Chakra steht für eine bestimmte Qualität im Leben. Und durch die Implantation dieser Farbe könnte man vielen Menschen helfen. Die Krönung sei überhaupt der Regenbogenchip, der sei allerdings sehr teuer. Der konnte nur noch vom Kristallchip oder dem Goldchip getoppt werden, doch am besten fingen sie jetzt erst mal in der Basisklasse an. Und dann hatte er ihr die Farbpalette gezeigt. Ganz stolz war er dabei gewesen. Soweit so gut. Doch jetzt kam der kriminelle Teil des Experiments. Schlagartig öffnete Ruth die Augen und war mit einem Male hellwach. Es ging nämlich darum, ihren Kundinnen die Chakrenchips unter dem Vorwand einer kosmetischen Substanz, die sich auf den ganzen Körper ausdehnen würde und als AntiAging Knüller galt, unter die oberste Hautschicht zu implantieren. Also Dr. Dellinger würde das natürlich machen. Doch sie sollte es anleiern und dafür würde er sie auch, wenn die Chips dann in die normale Produktion übergingen, am Umsatz beteiligen. Doch vorerst galt es, deren Wirkung zu überprüfen. Die roten Chips sollten bewirken, dass ihre Träger und Trägerinnen mutiger, kraftvoller werden. Keine

Sorge um ihre Existenz hatten und ausreichend geerdet waren. Die orangen Chips gab es in drei Ausprägungen, einerseits nur um die Lebensfreude zu heben, quasi light, andererseits um entweder der Kreativität des Menschen endlich ausreichend Ausdruck zu verleihen oder aber die Sexualität zu erwecken, zu bereichern und zu intensivieren. Die gelben Chips konnte laut Dr. Dellinger jeder brauchen, sie unterstützten den Selbstwert und so einen hatte er sich selbst auch gleich implantiert und er hatte das Gefühl, dass er schon wirkte. Die hellgrünen mit dem zartrosa Rand standen für die Herzöffnung und die Liebesfähigkeit. Also für die Singles wohl ideal. Und auch nach schweren Verlusten von Menschen hilfreich. Fast medizinisch einsetzbar, schwärmte er über sie. Die hellblautürkisen sollten sich auf die Ausdrucksfähigkeit auswirken. Dass die Menschen, denen diese Chips implantiert wurden, aufhörten, Stuss zu brabbeln, sondern sich selbst und ihre Aufträge auf dieser Welt auszudrücken imstande wären. So viel Menschenfreundlichkeit hätte Ruth dem Doktor gar nicht zugetraut. Der dunkelblaue Chip konnte helfen, seine Gedanken zu ordnen und der dunkelblaue ChipS stand dafür, die eigene Spiritualität zu finden. Und der, dessen Farbe Ruth am besten gefiel, glitzerte amethystfarben. Zu ihm hatte der Doktor allerdings nur gesagt. Das ist ein Fake. Schaut wunderschön aus, doch die echte Verbindung zum Himmel entsteht nur durch Hinwendung, da können wir Farben sprudeln, so viel wie wir wollen. Doch die Welt will ohnehin betrogen werden, deswegen gibt es den eben auch.

In Ruths Gedanken kehrte plötzlich Klarheit ein. Sie fand die Idee Dr. Dellingers gar nicht mehr so verkehrt. Denn wenn die Methode tatsächlich funktionierte, konnte vielen Menschen geholfen werden.

Und wenn nicht, dann war es gut, zuvor Gewissheit erlangt zu haben und nicht des Betruges bezichtigt zu werden. Sie griff zu ihrem Mobiltelefon und wählte die Nummer des Arztes. „Ja, ich mache mit. Wann fangen wir an?" Dr. Dellinger war überrascht über die Wirkung des dunkelblauen Chips, den er ihr unbemerkt implantiert hatte, während sie schlief. Und klarerweise gleich den roten noch dazu, damit sie auf ihre Existenz schaute und die Skrupel gar nicht erst aufkamen. Ruth bemerkte die winzigen Narben erst daheim unter der Dusche. „So ein Schuft!" dachte sie und gleich darauf. „Fühlt sich aber gut an." Das Glöckchen war verstummt. Vielleicht gab es wirklich nicht nur ein Geschäft zu machen. Vielleicht hatte sie Dr. Dellinger falsch eingeschätzt. Bislang war er der kühle Rechner im weißen Kittel gewesen. Sein Wartezimmer füllte sich täglich, obwohl er keinen Kassenvertrag hatte. Er sah rasend gut aus und war sich dessen bewusst. Ruth war er auf eine Weise zuwider gewesen, die sie nicht genauer benennen hatte können. Es könnte sogar sein, dass er ihr immer ein Stück zu erfolgreich und souverän gewesen war. Doch jetzt schienen sie wohl gleichzeitig in einen Veränderungsprozess geraten zu sein, der sie in ihren analytischen Grundfesten erschütterte. Beide. Nur der Professor, der Dr. Dellinger beim letzten Dermatologenkongress mit dieser Geschäftsidee beglückt hatte, wusste, woher der Wind wehte. Dieser Mann war viel mehr als ein Professor der Dermatologie. Er hatte Dr. Dellinger ausgeguckt, um die Welt ein wenig heller zu gestalten. Jenem war die kleine Narbe lange gar nicht aufgefallen. Er war als kleiner Bub oft gestürzt und hatte viele davon. Und nun eben auch einen hellgrünen Chip mit rosa Rand, der sich unter einer dieser Narben befand. Erst viel später bemerkte er, dass der Professor wohl mehr war als ein geschäftigstüchtiger Arzt. Zu diesem Zeitpunkt hatte er sich allerdings schon gut daran gewöhnt, liebevoller und ganzheitlicher zu agieren als vor dieser Erkenntnis.

Ruth führte streng Buch und dokumentiert jede Veränderung. Auch legte sie Wert darauf, ihren Kundinnen genau zuzuhören und adäquate Chips vorzuschlagen. Seit sie in die Augen des Arztes bei ihrem Autounfall geblickt hatte, befand sie sich in einer anderen Umlaufbahn. Sie konnte nicht wissen, dass es eben jener Professor auf der Fahrt zum Dermatologenkongress gewesen war, der sie in diesem Augenblick geradezu ausgesucht hatte. Sie kämpfte noch einige Zeit damit, ihrer Intuition den Platz zu geben, der ihr zustand. Ihre Gefühle zuzulassen und auch ab und an fünf gerade sein. Im Bus fielen ihr die schrecklichen Menschen nun nicht mehr auf. Sie stieg mit offenem Herzen ein und verströmte Zuversicht. Sie bemerkte das gar nicht, sie stellte nur fest, dass ihre kleine Welt ein Stück wärmer und bunter geworden war. Deshalb begann sie an die Wirkung der Chakrenchips zu glauben. Ihre Beobachtungen wurden genauer, ihre Aufzeichnungen konkreter. Ihr wacher Geist kam schließlich zu der Erkennntis, dass diese Chakrenchips nicht bei jedem gleich wirkten. Die eine Kundin, die den hellblautürkisen Chip bekommen hatte, konnte kündigen und sich in ihrem Traumberuf selbständig machen. Die andere jedoch blieb dabei, auf Gott und die Welt zu schimpfen. Chip hin oder her. Oder war das gar sie selbst mit ihrem Bild von der Welt? Je mehr Dr. Dellinger und Ruth untersuchten, desto verwirrender wurden ihre Erkenntnisse. Doch der Grundtenor blieb gleich. Die Chips brachten mehr Gutes und richteten keinen Schaden an. Es wendete sich schließlich alles zum Guten und die Chakrenchips wurden als Selbsthilfetools zwei Jahre nach deren Erprobung durch viele ahnungslose Kundinnen offiziell in der Praxis des Hautarztes vorgestellt. Als Erweiterung der AntiAgingChips waren die Persönlichkeitsentwicklungschips auf den Markt gekommen. So einfach war das. Das Glöckchen war verstummt. Denn das Geheimnis, das hinter den Chakrenchips lag, lag in den Menschen selbst. Bei manchen tat sich gar nichts. Bei manchen ging die Post ab. Bei manchen war es ein langwieriger Prozess. Die Farbschwingungen arbeiteten zu. Manipulieren ließen sie sich nicht. Selbst als der Bürgermeister der Stadt den goldenen Chip implantiert haben wollte, änderte sich an dessen Politik leider nicht genug im Sinne der Menschen. Das hatte der Professor gewusst.

Ohne Zutun des Menschen sind alle energetischen Hilfsmittel nutzlos. Ein gutes Geschäft wurde es trotzdem. Vielleicht sogar deswegen.

Außerdem von Gabriela Joham erschienen im guten Buchhandel und im Internet erhältlich

GLUTAUGEN, ISBN-978-3842307285 BoD

Vier eigenständige Geschichten – Bis zum Hals, Absolut Frau, Ich steh für dich, Am achten Tag - vereint der Titel, die sich vielleicht unter dem Genrebegriff „Novellen" erfassen lassen, denn sie sind mehr als Kurzgeschichten, aber weniger als Romane. Allesamt sind sie Lebensbilder, der Wirt, der wegen Hochwassers seine Heimat verlässt, die Frau, die nie Geliebte werden wollte und schließlich doch ihre Lebensliebe in einem noch verheirateten Mann findet, die Frau, die aus den Repräsentanten-Rollen in Aufstellungen beinahe nicht mehr hinausfindet und der junge Mann, der den Tod sprichwörtlich sehen kann.

LEBEN und LEBEN LASSEN, ISBN- 978-1-627841-40-5 Windsor

Geschichten - Kurzurlaub, Still, Bruder Tod - und Gedichte Abenteuerlich, spannend und immer wieder auch herausfordernd und schwierig gestalten sich unser aller Leben. In diesem Buch sind unterschiedliche Schwerpunkte verschiedener Leben in anregenden Geschichten geschildert. Ergänzt werden die Geschichten durch Lyrik, die ebenfalls in besonderen Lebenssituationen geschrieben wurde.
Durch die Erzählweise der Autorin wird es möglich, eigene Geschichten entstehen und eigenen Gefühlen freien Lauf zu lassen. Lektüre für mehr Lebenskraft.

11 ISBN-13 978-3848202034 BoD

11 Menschen interessieren sich für ein nicht genauer beschriebenes Seminar. Sie alle haben ihre individuellen Lebensgeschichten, die in kurzen Auszügen geschildert werden. Ihr Seminarleiter ist Greg Lundarksi, der besondere Trainer und Hohepriester, der erstmals in dieser Geschichte vorgestellt wird.

WEGLICHTER ISBN-13 978-1938699566 Windsor

Jedes Jahr zu Weihnachten entsteht eine Geschichte. In diesem Büchlein sind einige zusammengefasst. Ergänzt um andere zauberhafte Geschichten und besondere Gedichte.

AUS HEITEREM HIMMEL ISBN-978-3842333772 BoD

Eine erfolgreiche Scheidungsanwältin um die 45 und ein unglücklich verliebter Student um die 26 begegnen einander. Dadurch erfahren sie ihre Lebendigkeit und ihre Fähigkeit zu lieben neu.
Es geht um den magischen Augenblick im Leben, der vermag alles zu verändern. Im Inneren oder im Außen.

EIN NEUER TAG – ein neues LEBEN ISBN 978-3738648232 BoD

Ein junger Mann entdeckt Schritt für Schritt seine hellfühlige Gabe. Spannende Einzelgeschichten ergeben ein perfektes, wunderbares Bild Seine Initialen AG finden sich in der Kurzbezeichnung für Silber. So ist es kein Zufall, dass ihm die Fürsten des Mondes beistehen.